AF237618

Im Mäuseturm

von

Bernhard Künzner

Bibliografische Information der Deutschen
Nationalbibliothek:
Die Deutsche Nationalbibliothek verzeichnet diese
Publikation in der Deutschen Nationalbibliografie;
detaillierte bibliografische Daten sind im Internet über
http://dnb.dnb.de abrufbar.

© 2020 Bernhard Künzner
Herstellung und Verlag: BoD – Books on Demand,
Norderstedt
ISBN: 978-3-7519-7711-1

I. Erwachen

Ich konnte dieses fremdartige Geräusch nicht zuordnen; ein rhythmisches Schnarren und Krächzen, dazwischen abgehackte Töne, die dem Aneinanderreiben zweier rostiger Eisenrohre ähnelten. Liebend gerne hätte ich weitergeschlafen, aber dieser Lärm drängte sich zu vehement und nachdringlich in mein Bewusstsein. Ein lichter Schleier vor meinen Augen zeigte mir an, dass ich im Begriff war, meine Augenlider zu öffnen. Zunächst wehrte ich mich dagegen, da ich befürchtete, dass die Welt, die mir meine fünf Sinne zeigten, weit weniger sanft und schonend sein würde als die Welt der Träume. Nach einem tiefen Atemzug wagte ich einen Blick in die Umgebung. Ich lag auf staubigen Holzdielen. Über mir erstreckte sich eine aufwändige Konstruktion aus kunstvoll ineinandergefügten, sich gegenseitig stützenden Balken, die ein schuppenförmiges Dach aus Tonschindeln trugen. Der Raum lag größtenteils im Dunkel, aber, soweit ich das erkennen konnte, bestanden die Wände aus grauem Tuffstein. Er besaß nur ein Fenster, das die Form eines gotischen Spitzbogens hatte. Nachdem sich meine Augen an den hellen Sonnenkorridor gewöhnt hatten, der durch das Fenster in den Raum ragte, von den Staubpartikeln in der Luft reflektiert wurde und einem soliden Quader glich, während der übrige Raum im Halbschatten blieb, sah ich mich in einem kahlen Dachzimmer von etwa je vier Metern Länge und Breite. An einer Ecke wies der Dielenboden eine Öffnung auf, die einer steilen Treppe Einlass bot, darüber war eine Nische in der Mauer mit einer Holztür.

Ich setzte mich langsam auf, was mir einige Beschwerden verursachte. Mein ganzer Körper schien zerkratzt, geprellt und verschrammt zu sein. Vor allem mein Kopf schmerzte bei der kleinsten Bewegung. Meine Kleidung war recht ordentlich, ich trug eine feine Hose und ein hellblaues Hemd, darüber eine Strickjacke. Leider war alles schmutzig und zerschunden, meine Hände machten davon keine Ausnahme. Der linke Ärmel war aufgerissen und blutbefleckt. Ein Blick auf meinen Arm offenbarte eine tiefe Wunde, die an den Rändern schwarz war, so, als ob die Haut durch einen heißen Gegenstand versengt worden wäre. Da ich es nicht besser wusste, ging ich davon aus, dass solch eine Wunde nur durch einen Streifschuss hervorgerufen werden konnte. Ich tastete mein Gesicht ab und entdeckte zahllose Kratzer und Abschürfungen. Über meinem rechten Auge fühlte ich eine nässende Wunde. Zudem war die Stirn an dieser Stelle arg geschwollen. Selbst die kleinste Berührung verursachte einen stechenden Schmerz. Nachdem ich mich, meiner allgemeinen Steifigkeit zum Trotz, endlich aufgerichtet hatte und einige Schritte gegangen war, war ich erst einmal beruhigt; mein Körper wies keinerlei ernsthafte Blessuren auf, die mich in meiner Bewegungsfreiheit eingeschränkt hätten. Eine Sache jedoch machte mir Sorgen. Wie üblich erwartete ich, dass meine Erinnerung mit meinem Erwachen zurückkommen würde, schleichend vielleicht, zäh, wie der Übergang vom Schlaf in den Wachzustand, doch so sehr ich mich auch bemühte, ich konnte mich nicht entsinnen, wie ich hierhergekommen war.

Das Fenster war nicht verglast, sondern durch eine Längs- und zwei eiserne Querstangen gesichert. Draußen sah ich eine Wiese und ein Getreidefeld, die durch einen schmalen Pfad voneinander getrennt waren. Dahinter, etwa 200 Meter weiter, war ein bewaldeter Streifen, am Horizont eine niedrige Hügelkette. Unmittelbar zu meiner Linken verwehrte die schroffe Mauer eines Kirchturms die Sicht, zu meiner Rechten entdeckte ich, tief unter mir, einen verwilderten Garten mit Büschen und alten Obstbäumen, sowie eine windschiefe Scheune. Ich sah und hörte keinen Menschen, doch wenn ich mich weit nach vorne beugte und die Stelle am Fuße der Mauer beobachtete, entdeckte ich die Ursache des seltsamen Geräuschs, das mich geweckt hatte; es waren Hühner, die dort nach Nahrung pickten und dabei unentwegt gackerten, schnarrten und krächzten.

Ich setze mich wieder auf den Boden und versuchte meine wenigen Informationen zusammenzusetzen, in der Hoffnung, meine Erinnerung möge dadurch zurückkommen. Der Wunde an meinem Arm zufolge war möglicherweise von jemandem angeschossen worden. Das würde bedeuten, dass jemand aus einiger Entfernung auf mich geschossen hatte, sonst hätte er besser getroffen. Ich war also auf der Flucht vor jemandem. Ich war gelaufen, vermutlich nachts durch den Wald, daher die ganzen Kratzer auf meinem Körper. Schließlich habe ich Zuflucht in diesem Gebäude, wohl eine alte Dorfkirche, gesucht, war die steile Treppe hochgestiegen und hier oben gestolpert und mit dem Kopf gegen die Wand gestoßen. Ja, so könnte es gewesen sein. Aber warum sollte mich jemand verfolgen und auf mich schießen? Hatte ich ein Verbrechen begangen? Hatte ich selbst jemanden verletzt oder gar getötet? Ob diese Personen immer noch nach mir suchten?

Ich schloss meine Augen, weil ich hoffte, mich dadurch besser zu konzentrieren und an Einzelheiten erinnern zu können. Ich musste doch noch wissen, wie ich diese steile Treppe hochgestiegen war! Ich musste mich doch wenigstens an meinen Namen erinnern! Wie alt war ich? Woher kam ich? Die Erkenntnis, ein Unbekannter in einem unbekannten Leib zu sein, erschreckte mich. Mein Herz schlug heftig gegen meine Brust. Ich konnte nicht einmal sagen, in welchem Jahr wir lebten. Eine Folge meiner Kopfverletzung zweifellos! Partielle Amnesie. So etwas gibt sich mit der Zeit. Wieso konnte ich mich verdammt nochmal an diesen Begriff erinnern, aber nicht an meinen Namen? Nicht an das, was gestern war oder vorgestern? War ich ein Psychopath, eine Gefahr für meine Umgebung, aus einem Hochsicherheitstrakt entflohen? Oder umgekehrt ein ganz normaler Bürger, der von einem Psychopathen gejagt wurde? Ich suchte meine Kleidung nach Taschen ab, um darin einen Hinweis auf meine Identität zu finden, und ertastete einen kleinen Schlüssel, der an einem Band um meinen Hals hing; immerhin etwas. Solche Schlüssel waren bei Vorhängeschlössern üblich. Nun wusste ich wenigstens, dass ich etwas besaß, was gegen einen Einbruch gesichert werden musste. Die Taschen meiner Hose und meiner Jacke waren allesamt leer. Damit war klar: Ich musste hier weg, wenn ich etwas über mich herausfinden wollte. Aber was, wenn ich meinem Verfolger in die Arme lief? Was, wenn öffentlich nach mir gefahndet wurde und überall in der Gegend Plakate mit meinem Gesicht hingen? Wie auch immer, ich konnte nicht ewig hier oben bleiben. Ich musste etwas essen und trinken. Außerdem hatte ich ein dringendes Bedürfnis, das ich nicht hier oben erledigen konnte.

Langsam, Schritt für Schritt, so leise wie möglich, stieg ich die steile Treppe hinab, immer vorsichtig um die nächste Ecke spähend und nach Stimmen lauschend. Die nächste Ebene entsprach hinsichtlich der Größe meinem Raum – ein Fenster, eine Tür, die übernächste ebenso. Dann kam ich in einen größeren Bereich, von dem zwei Flure abgingen. Ich folgte dem einen und gelangte auf eine ausladende Empore, die einen Blick in das Kirchenschiff offenbarte. Mir fiel als Erstes auf, dass alle Bänke entfernt worden waren, vermutlich wurde das Holz anderweitig benötigt. Die einst bunten Bleiglasfenster waren stumpf geworden oder zerbrochen. In einem ähnlichen Zustand war der Altar, der aus einem großen Ölgemälde bestand, welches in einen vergoldeten Holzrahmen gespannt war und den Heiligen Georg darstellte, wie er dem Lindwurm den tödlichen Stoß versetzte. Das einst wohl farbenprächtige Gemälde war aber im Laufe der Jahre fast bis zu vollkommener Schwärze nachgedunkelt und glich auf den ersten Blick eher einer Abbildung von Dantes Inferno. Hinter mir ragten die Pfeifen einer Orgel auf, die ordentlich in Reih und Glied standen und die Zeiten unbeschadet überdauert hatten. Eine dicke Staubschicht auf den Tasten des Manuals ließ darauf schließen, dass sie seit vielen Jahren nicht mehr gespielt worden war.

Von Neuem schloss ich die Augen in der Hoffnung, meinem Gedächtnis auf die Sprünge zu helfen. Ja, ich erinnerte mich daran, dass es verschiedene Baustile gab, Romanik, Gotik, Barock, und auch daran, dass in der Gegend, aus der ich stammte, in fast jedem kleinen Ort eine gotische Kirche stand. Spontan fielen mir die Namen der Heiligen ein, die in Bildern und Skulpturen dargestellt waren, aber meines eigenen Namens konnte ich mich nicht entsinnen. Ich vertraute darauf, dass dies nur ein vorübergehender Zustand war und es nur einer geeigneten Assoziation bedurfte, um die Erinnerungslücken zu füllen.

Da die Kirche offensichtlich menschenleer war, traute ich mich, die steinerne Treppe hinunterzusteigen, die zum Eingangstor führte. Mit einiger Anstrengung schaffte ich es, einen der schweren Eichenholzflügel aufzuziehen. Die Wärme, die mich draußen empfing, überraschte mich. Sogar im Schatten war es angenehm warm. Ich schützte meine Augen vor dem gleißend hellen Sonnenlicht, indem ich den Kopf nach unten neigte.

In diesem Moment geschah etwas Außergewöhnliches. Als ich meinen Blick senkte, sah ich Grashalme zu meinen Füßen, die leicht im Wind hin und her schwankten. Einige Sekunden lang beobachtete ich die aufgeregten, zitternden Bewegungen der Halme, dann überfiel mich eine nie gekannte, unermessliche Ruhe und die Zeit schien still zu stehen. Einen Atemzug lang galt meine ganze Aufmerksamkeit, mein ganzes Sehnen und meine ganze Liebe diesem zarten Gewächs. Gleichzeitig sah ich mich als unendlich glücklichen Menschen ohne jedes Bedürfnis. Ich weiß nicht, ob dieser Zauber von den Grashalmen her rührte oder von dem ganzen Bildausschnitt vor meinen Augen oder von der Komposition aus Licht, Wärme, Luft und Bewegung, jedenfalls war es, als ich wieder anfing zu denken, mein größtes Bestreben, diesen Moment einzufangen und für alle Zeit in meinem Gedächtnis aufzubewahren. Dazu bedurfte es eines Gefühls, das als Anker für meine Erinnerung dienen sollte. Noch einmal durchlebte ich es bewusst in seiner ganzen Tiefe. Um es für immer zu speichern, brauchte es einen Namen. Ich nannte es „absolutes Glück". Ich wartete noch lange, ehe ich mich von diesem Ort löste, in Würde und Wertschätzung, um diese heilige Empfindung nicht allzu schnell zu verlieren. Noch Minuten danach bewegte ich mich überaus vorsichtig und behutsam, weil ich die Kostbarkeit allen Lebens, meines eingeschlossen, begriffen hatte und fürchtete, sie mit einer unbedachten Handlung zu verletzen.

Wieder war es das Geschrei der Hühner, das mich aus meiner übersinnlichen Gedankenwelt riss. Zugleich erinnerte ich mich daran, dass ich Hunger hatte. *Ein banales Bedürfnis angesichts der heiligen Weihe, die ich soeben empfangen hatte!* Ich folgte dem Gackern der Hühner bis zu ihrem Stall und suchte nach Eiern. Es war nicht schwer; in ihren Gelegen fand ich ein Dutzend Eier und nahm mir drei davon. An der Kirchenmauer entlang, dann geduckt, wie es eben ein Dieb macht, schlich ich mich zu den Obstbäumen und schnappte mir ein paar Äpfel und Mirabellen. Von hier aus sah ich auch, dass die Wiese in etwa fünfzig Metern Entfernung an einen Wald grenzte. Das Gras war in der Nähe des Waldes nicht mehr gemäht worden. Daher lief ich in geduckter Haltung weiter, weil ich hoffte, hier noch Beeren oder Nüsse zu finden. Doch stattdessen entdeckte ich etwas viel Besseres! Direkt am Waldrand ließ mich ein munteres Glucksen und Plätschern innehalten; eine Quelle floss in einem steinigen Bett an den mächtigen Stämmen der Fichten vorbei, als hätte ich sie gerufen. Ich beugte mich hinunter und schlürfte genussvoll das kühle, klare Wasser.

Wenig später saß ich wieder in meinem Dachzimmer und erfreute mich an meinem erfrischenden, nahrhaften Mahl. Natürlich kostete es mich ein wenig Überwindung, die Eier roh zu essen, weniger aus Ekel denn aus der Erinnerung an den Duft von gekochten oder gebratenen Eiern. Auch das Salz vermisste ich. Ich wusste das alles, aber ich konnte mich nicht entsinnen, wo ich dergleichen gegessen hatte. Ich hätte darüber in Panik ausbrechen können, aber nun nistete sich ein neues Gefühl in mein Bewusstsein ein. Ich hatte erfahren, dass ich unabhängig von einer Identität glücklich sein konnte. Diese Erkenntnis wirkte in mir fort und veränderte mich. Tatsächlich war nun die Unruhe, die mich beim Aufwachen gepackt hatte, wie weggeblasen. Während ich meinen Blick wieder in die Ferne schweifen ließ, bis zu den Hügeln unter dem Horizont, erfasste mich erneut ein Gefühl tiefster Zufriedenheit – *absolutes Glück*. Lange stand ich da und betrachtete den Zug der Wolken am Himmel. Die Schwalben flogen tief und von Westen her nahte eine dunkle Regenfront. Eine Zeit lang genoss ich noch die wärmende Mittagssonne auf Gesicht und Armen, dann schoben sich die ersten Ausläufer der feuchtschweren Wolken davor und es wurde merklich kühler. Kurz darauf zeigten Windböen an, dass nun kältere Luftschichten das Wetter bestimmten. Als die ersten Tropfen vom Himmel fielen, wollte ich instinktiv das Fenster schließen, aber das war natürlich nicht möglich. Daher musste ich zusehen, wie der Boden vor dem Fenster zuerst feucht wurde und sich schließlich eine Pfütze bildete. *Man bräuchte ein Gefäß, um das Wasser zu sammeln*, dachte ich. *Wasser braucht man für viele Dinge, ohne Wasser kann man nicht überleben!* Schnell stieg ich die Stufen hinunter bis vor das

Kirchenportal, wo es noch regengeschützt war, und blickte mich um. Ich beschloss, zu dem alten Schuppen zu laufen, dort würde sich finden, was ich suchte. Dieser war nur etwa zwanzig Meter entfernt, doch als ich dort ankam, war ich bereits völlig durchnässt. Glücklicherweise war die Tür offen. Es dauerte einige Sekunden, ehe ich in der Dunkelheit etwas erkennen konnte. Dann sah ich schemenhaft einen Heukarren, einen alten Traktor und verschiedene landwirtschaftliche Geräte. Darunter waren auch ein paar Strohballen, eine Decke und so etwas wie ein Schweinetrog, alles Gegenstände, die ich gut gebrauchen konnte, um mir meinen Aufenthaltsort bequemer zu gestalten. Als ich die Decke packte, löste sich eine Wolke aus Staub und Stroh, die mich zwang, die Augen zu schließen. Auch der Geruch, der sich dabei löste, war wenig einladend, aber ich tröstete mich damit, dass ich die Decke ohnehin zuerst vom Regenwasser waschen ließ.

Ich lud die Decke und einen Strohballen in den Trog und hievte ihn hoch. Es war schwerer als ich dachte. Mit Mühe schaffte ich es, alles in die Kirche zu schaffen. Zuerst trug ich den Strohballen nach oben, dann die anderen Gegenstände. Bei besserem Licht betrachtet entpuppte sich der Schweinetrog als Kinderwiege, die sogar bunt bemalt war. Ich stellte sie vor das Fenster, in der Hoffnung, sie würde sich mit Regenwasser füllen. Die Decke schüttelte ich am Fenster erst einmal richtig aus. Der Strohballen war feucht und voller Ungeziefer. Wenn ich wollte, dass er rasch trocknete, musste ich ihn vollständig auseinanderreißen und das Stroh über den Boden in meiner Kammer verteilen. Mehr konnte ich im Augenblick nicht tun. Ich setzte mich an eine einigermaßen windgeschützte Ecke und legte mir die

Decke um die Schultern, da ich in meinen nassen Kleidern zu frieren begann. Von dort aus beobachtete ich die Wiege und wartete geduldig darauf, dass sich der Regen darin ergießen möge. Doch inzwischen hatten der Wind und der Regen nachgelassen und nur noch vereinzelt jagte ein böiger Schauer ein paar Tropfen in meine Kammer. Der Boden der Wiege war nass geworden, aber es reichte nicht annähernd aus, um als Trinkwasserreservoir zu dienen. Während ich etwas trübsinnig vor mich hin dachte, kam mir plötzlich ein beunruhigender Gedanke. Ich hatte die Reste meines Mahls – Eierschalen und Obstkerne – achtlos aus dem Fenster geworfen. Wenn dort unten jemand vorüberging, der nach einem Flüchtigen suchte, brauchte er nur eins und eins zusammenzuzählen, um zu begreifen, dass sich hier in unmittelbarer Nähe ein Mensch befand. Eilig erhob ich mich und stieg hinunter, um die Reste einzusammeln. Als ich dort unten im Gras kniete, fiel mir aber etwas anderes auf. Es gab eine Stelle am Boden, an der sich eine große Pfütze gebildet hatte. Ich vermutete, dass dort lehmiger Boden war, sodass das Wasser nicht tief ins Erdreich dringen konnte. Wenn ich meine Wiege schräg in die Pfütze tauchte und sie als Schöpfkelle verwendete, könnte ich gut zwei bis drei Liter damit schöpfen. So müsste ich nicht mit der schweren Wiege den Weg bis zur Quelle am Waldrand gehen und riskieren, dabei von jemandem beobachtet zu werden.

Also ging ich noch einmal mit der Wiege drei Stockwerke nach unten. Doch als ich die Torflügel öffnete, erschrak ich heftig. Drüben am Schuppen stand ein alter Mann. Die Tür war geöffnet und er sah hinein und kratzte sich am Kopf, als hätte er vergessen, was er dort suchen wollte. Rasch schloss ich den Torflügel wieder. Der Mann stand seitlich zur Kirche, also sollte er mich nicht bemerkt haben. Aber gewiss war ihm aufgefallen, dass jemand in seinem Schuppen war und etwas daraus entwendet hatte. Ich hatte vom Haupteingang der Kirche aus keine Möglichkeit, ihn weiter zu beobachten, also eilte ich mit großen Schritten wieder hinauf in die Dachkammer und lugte aus dem Fenster. Doch inzwischen war die Tür zum Schuppen wieder geschlossen und der Mann war nicht mehr zu sehen. Wenn er nun nach mir suchte? Zum Glück hatte ich die Essensreste kurz zuvor entfernt, auch hatte ich das Gras nirgendwo niedergetreten, sodass er nicht darauf schließen musste, dass jemand von der Kirche aus in seinen Schuppen eingedrungen war. Aber wenn er derjenige war, der mich gestern verfolgt und angeschossen hatte, dann würde er stutzig werden, da er mich ja genau in dieser Umgebung aus den Augen verloren hatte. Womöglich war er in diesem Augenblick schon auf der Suche nach mir! Er würde die Kirche ganz genau durchsuchen und jeden Stein umdrehen, um mich zu finden. Fieberhaft überlegte ich, ob ich die Türe zu meiner Kammer versperren konnte, aber mir fiel nichts Besseres ein, als mich direkt mit dem Rücken gegen die Türe zu lehnen und darauf zu hoffen, dass er sie für verschlossen hielt und seine Suche aufgab. Ich drückte mein Ohr gegen die Tür und horchte, ob ich nicht etwa seine Schritte auf den Treppen hören würde, aber es blieb still. Lediglich die Hühner gaben ihre monotonen Gackergeräusche von sich, als wäre nichts geschehen. Ich harrte so lange an der Tür aus, bis ich sicher sein konnte, dass niemand mehr nach mir suchte. Ich versuchte mich damit zu beruhigen, dass ich mir einredete, er sei rein zufällig vor dem Schuppen gestanden. Dort drinnen war es so dunkel, dass er das Fehlen solch unbedeutender Gegenstände wie einer alten, verstaubten Wiege kaum bemerken konnte. Langsam entspannte ich mich wieder. Aber ich nahm mir, in Zukunft vorsichtiger zu sein. Vor allem durfte ich mein Versteck tagsüber nicht mehr verlassen. Ich stellte die Wiege wieder an ihren Platz unter dem Fenster und begann damit, das inzwischen getrocknete Stroh so auf dem Boden zu verteilen, dass es eine einigermaßen bequeme Lagerstatt bildete.

Während ich auf meinem behelfsmäßigen Bett lag und meine Situation überdachte, hörte ich ein sehr leises Geräusch, das mir bisher noch nicht aufgefallen war, ein sanftes, aber hastiges Kratzen und Tappen. Ich konzentrierte mich darauf und blickte in die Richtung, aus der das Geräusch kam. Und schon hatte ich den Verursacher gefunden: Es war eine Maus, die von den wenigen im Stroh verbliebenen Körnern angelockt worden war. Sie war nur eine Armlänge von mir entfernt, sodass ich sie gut beobachten konnte. Ich blieb ganz still liegen, um sie nicht zu verscheuchen. Intensiv schnuppernd bewegte sie sich zwischen den Strohhalmen hin und her, immer wieder innehaltend und nach allen Richtungen spähend, ob nicht von irgendwoher Gefahr drohte. Sobald sie ein Korn gefunden hatte, nagte sie daran herum, fraß aber offenbar nicht das ganze Korn auf, sondern lief damit in Windeseile zu einem Versteck in der Wand oder unter dem Fußboden. Das wiederholte sich einige Male, dann wurde sie mutiger und wagte sich noch näher an mich heran. Sie hatte die Reste meines Essens gewittert, Eierschalen und Obstkerne, und untersuchte sie auf Verwertbarkeit. Ich verhielt mich so still wie möglich.

Vorsichtig bewegte ich meinen Kopf, um sie weiterhin mit den Augen verfolgen zu können, doch das war der Maus dann doch zu gefährlich und wie der Blitz sausten ihre kleinen Beine über die Holzdielen und sie verschwand in ihrem Versteck. Ich stellte mir vor, dass dort ihre Jungen in einem Nest auf ihr Futter warteten und sich nun gierig auf die vorgekauten Körner stürzten. Ich bemerkte, dass ich bei dem Gedanken lächelte. Ich freute mich tatsächlich darüber, dass ich nicht alleine hier oben wohnen musste, sondern possierliche Mitbewohner hatte. Ich nahm mir vor, in Zukunft bei der Suche nach Nahrung an die Mäusefamilie zu denken.

Doch ein anderer Gedanke bemächtigte sich nun meiner so unvermutet, wie sich an einem wolkenlosen Himmel innerhalb von Minuten ohne Vorwarnung Gewitterwolken auftürmten. Ergab es überhaupt einen Sinn, sich hier häuslich niederzulassen? *Wäre es nicht vernünftiger, so weit wie möglich von hier zu verschwinden, um meine Verfolger abzuschütteln?* Meine Finger ertasteten den kleinen Schlüssel, den ich um den Hals trug. Wenn ich diese Gegend hier verließ, würde es mir noch schwerer fallen, mich zu erinnern, wer ich war und woher ich kam. Ich müsste wahrscheinlich aufgeben, was in dem verschlossenen Fach, zu dem der Schlüssel passte, aufbewahrt war. Ich grübelte und grübelte, bis mich die Dämmerung umfing, für mich das Zeichen, nach Essbarem zu suchen.

Mein erster Weg führte mich zum Hühnerstall. Ich ahnte, dass die Hühner bereits in Schlafstarre auf ihrer Stange saßen und suchte im Heu nach Eiern. Und richtig: Wieder fand ich welche und nahm fünf Stück, ohne dass die

Hühner lautstark dagegen protestierten. Weiter schlich ich mich zu den Obstbäumen, pflückte mir wieder Äpfel und Mirabellen. Auf dem Rückweg trat ich in die große Pfütze an der Kirchenmauer. Mir fiel auf, dass mein Mund völlig ausgetrocknet war und dass ich den ganzen Tag noch nichts getrunken hatte. Bis zur Quelle wagte ich mich nicht mehr vor. Der Ort war von allen Seiten aus einsehbar. Da ich kein Gefäß hatte, um Wasser mit in meine Kammer zu nehmen, legte ich mich auf den Boden und schöpfte mit meinem Händen Wasser aus der Pfütze. Es war angenehm kühl, aber es schmeckte erdig und abgestanden. Trotzdem trank ich so viel, wie mir zuträglich schien. Wie konnte ich sicher sein, dass die Pfütze nicht morgen wieder versiegt war? Zu guter Letzt ging ich bis an den Rand des nahen Getreidefeldes und riss einige der fast reifen Ähren ab. Dann trug ich meine kostbaren Schätze nach oben. Ein Ei und einen Apfel verschlang ich sofort, den Rest hob ich mir für den kommenden Tag auf. Die Getreidehalme legte ich an die Stelle, an der die Maus ein- und ausgegangen war. Nachdem ich meine Decke ausgeschüttelt und das wenige Stroh, das mir als Matratze diente, durchlüftet und wieder zu einer weichen Unterlage zusammengeschoben hatte, kam auch mein kleiner langschwänziger Mitbewohner aus seinem Loch und holte seine Abendmahlzeit ab. Es erfüllte mich mit Freude, dass ich etwas von meinen Vorräten abgeben durfte.

An diesem Abend sah es nicht mehr nach Regen aus, im Gegenteil, der Himmel war wolkenfrei und zeigte mir seine ganze Sternenpracht. Ich legte mich unter das Fenster und ließ mich von der unfassbaren Pracht verzaubern. Vielleicht hätte der eine oder andere angesichts der unendlichen Weite des Nachthimmels verzagt und sich klein und unbedeutend gefühlt, gleich einem Spielball unbekannter Mächte, nicht wertvoller als ein Sandkorn am Grunde des Ozeans. Ich aber fühlte etwas anderes. Ich konnte die Sterne als Engel wahrnehmen, die neugierig und liebevoll auf mich herabsahen. So wie ich interessiert und angetan von ihrer Niedlichkeit meine Maus betrachtete, stellte ich mir am Firmament eine Engelschar vor, die in das zerbrechliche Menschenkind unten auf diesem winzigen Planeten verliebt war, das emsig nach Nahrung und Schutz suchte und mit großen, verständnislosen Augen zu ihnen hochblickte. Ich war mir sicher, dass sie nicht zuließen, dass mir etwas zustoßen könnte.

Doch schon eine Stunde später war es um meine Zuversicht geschehen. Ich war schnell eingeschlafen, aber ein schmerzhaftes Leibzwicken hatte mich unsanft wieder geweckt. Mein Bauch war so stark aufgebläht, dass ich fürchtete, etwas könnte zerplatzen, wenn ich nicht unverzüglich losließ, was sich in meinen Gedärmen zusammengebraut hatte. Ich erhob mich gekrümmt vor Krämpfen und wollte zur Tür eilen, doch ein schneidender Schmerz zwang mich dazu, meine Zurückhaltung aufzugeben. Wehrlos gegen den übermächtigen Druck in meinem Bauch musste ich zulassen, dass ich in meine Kammer kotete. Zuerst war ich erleichtert, da der Schmerz nachließ. Doch dann wurde mir bewusst, was ich getan hatte, und es ekelte mich vor mir selbst. Ich hatte keine Möglichkeit, meinen Körper zu reinigen, außer vielleicht mit meiner eigenen Kleidung. Also zog ich meine Strickweste und mein Hemd aus und opferte mein Unterhemd, das aus feinem Baumwollstoff bestand und daher zur Reinigung geeignet war. Mit der linken Hand hielt ich mir die Nase zu, während ich mit der rechten den weichen Kot notdürftig zusammenwischte. Danach wollte sofort wieder zum Kirchenportal hinabsteigen, um das Hemd zu leeren und in der Pfütze abzuwaschen, doch in der Dunkelheit stieg ich zu allem Überdruss in meinen eigenen Kot; ich hatte eine Stelle übersehen. Ich stieß einige deftige Flüche aus, wofür ich mich sogleich zutiefst schämte, denn die Maus saß daneben und schaute mir zu, als wolle sie sagen: „Wie kann man nur sein eigenes Nest beschmutzen?" Bebend vor Wut nahm ich nun auch noch mein feines Hemd, um mir den Kot vom Fuß zu wischen. Um die Exkremente loszuwerden, blieb mir nichts anderes übrig, als zu versuchen, möglichst viel davon in meine Hemden zu packen. Ich hielt die Luft an und atmete erst ein, wenn es unbedingt nötig war, und machte ich mich auf den Weg nach unten. Doch schon nach der ersten Treppe spielten meine Gedärme erneut verrückt und zwangen mich dazu, mich noch einmal zu entleeren. Daraufhin fühlte ich mich so schwach, dass ich für eine Weile auf der Treppe liegen blieb. Ein übler Geruch stieg mir in die Nase, sodass sich auch noch mein Magen verkrampfte. Nur mit Mühe konnte ich den aufkommenden Brechreiz verdrängen. Der Weg nach unten erschien mir plötzlich unendlich weit. Schlagartig war mir so kalt, dass ich zu zittern begann. Ich ließ die verschmutzten Hemden liegen und kroch auf allen Vieren zurück in meine Kammer. Dort zog ich die Decke über meinen Körper und schlief auf der Stelle ein.

Ich erwachte früh, weil mich der abscheuliche Gestank in meiner Kammer weckte. Nicht einmal die Maus ließ sich blicken. Außerdem hatte ich schreckliche Kopfschmerzen. Meine Zunge klebte am Gaumen, ich musste unbedingt etwas trinken. Aber was? Enttäuscht sah ich in die Wiege; sie war staubtrocken, es hatte wieder nicht geregnet. Keinesfalls durfte ich noch einmal aus der Regenpfütze trinken. Bestimmt war sie mit Keimen verunreinigt, die meinen Durchfall verursacht hatten. Obwohl ich keinen Appetit hatte, zwang ich mich, einen Apfel zu essen. Danach fühlte ich mich ein wenig besser. Ich dachte nach...

II. Erste Kontakte

Ich durfte meine Gesundheit nicht noch einmal so leicht-
sinnig aufs Spiel setzen. Ich wusste zwar nicht, wer ich war
und woher ich kam, aber ich war im Wesentlichen gesund,
jung und kräftig und mein Verstand funktioniert leidlich
gut. Darauf musste ich aufbauen. Es war meiner Gesundheit sicherlich nicht zuträglich, hier in diesem stinkenden
Loch zu leben. Auch wenn ich nichts besaß außer den Kleidern an meinem Leib, so wollte ich dennoch eine gewisse
Würde bewahren und mich nicht zu einem verkommenen
Subjekt entwickeln, um das jeder, der es von Weitem sieht,
einen Bogen macht. Daher machte ich mich als Erstes daran, die Spuren meines nächtlichen Missgeschicks zu besei-
tigen. Hätte ich nur ein wenig Wasser gehabt, wäre es im
Handumdrehen geschehen. Mein ausgetrockneter Mund
gab nicht einen Tropfen Speichel her. Da ich aber nicht
noch ein Kleidungsstück opfern wollte, versuchte ich, die
angetrockneten Exkremente mit Stroh von den hölzernen
Stufen zu reiben. Zusätzlich verwendete ich den Saft eines
Apfels dafür, die harten Krusten zu lösen. Das Ergebnis war
mäßig, aber ich war zufrieden damit. Als Nächstes musste
ich meine verschmutzten Hemden los werden. Ich plante,
sie in dem nahegelegenen Wäldchen unter Laub zu vergraben, und ging wieder die drei Stockwerke hinunter. Doch
als ich am Eingang der Kirche stand, hörte ich Stimmen. Ich
versteckte mich rasch in einer Nische und verhielt mich so
ruhig wie möglich. Verstehen konnte ich nichts von dem
Gespräch, aber es dauerte länger als ich gehofft hatte. Ich
wollte nicht mehr warten, darum suchte ich nach einem

anderen Ausgang. Ich ging an der Wand entlang, bis ich an eine Seitentür kam, doch die war verschlossen. Ich fand den Zugang zur Sakristei offen, doch von dort aus ging ebenfalls keine Tür nach draußen. Während ich mit meinen stinkenden, ekligen Hemden vor dem Altar stand, drang vom Haupteingang her ein Lichtstrahl in die Kirche. Eilig versteckte ich mich hinter dem Altar. Ein Mann trat ein und ging mit schnellen Schritten auf mich zu. *Ob er mich gesehen hat?*

Doch kurz vor dem Altar ging er nach rechts zur Treppe. Ob er von meinem geheimen Aufenthaltsort wusste? Ich wagte nicht, aus meinem Versteck herauszukommen, da inzwischen noch weitere Stimmen in unmittelbarer Nähe zu hören waren. Ängstlich blieb ich in hockender Haltung sitzen. Dann wurde mir klar, was der Mann in der Kirche zu suchen hatte. Er läutete die Glocken! Ihr mächtiger Klang dröhnte durch die Kirche, dass sogar der Altar zu vibrieren begann. Währenddessen wurde das Portal weit geöffnet und die Gläubigen traten andächtig ein. Ein ganzer Menschenstrom erfüllte die Kirche und als die Glocken aufhörten zu schlagen, waren bestimmt an die einhundert Menschen gekommen. Ich befand mich in einer misslichen Lage. Ich konnte mein Versteck nicht verlassen, ohne gesehen zu werden. Aber wenn nur ein Mensch einen Blick hinter den Altar werfen würde, musste er mich sehen; so wie der Pfarrer, der als letzter eintrat und nun vor dem Altar niederkniete. Ich betete darum, dass er meinen Gestank nicht riechen möge und nahm dankbar zur Kenntnis, dass er sich sogleich an die Gläubigen wandte.

Den Eingangsworten des Pfarrers nach zu urteilen, war die Kirche ein bekannter Wallfahrtsort, in dem nur in Ausnahmefällen gepredigt wurde. Ich entspannte mich ein wenig, da ich nur das Ende der Messe abwarten musste und die Kirche wieder für mich allein in Anspruch nehmen konnte, sobald sie der letzte Wallfahrer verlassen hatte. Doch dann kam der Mesner, der eben die Glocken geläutet hatte, unvermutet auf mich zu. Er hatte die heiligen Gegenstände für die Eucharistie bei sich, und wollte sie offenbar in der Nähe des Altars abstellen. Ich konnte nichts anderes tun, als zu warten, wie er reagieren würde, wenn er mich entdeckte.

„Was machen Sie denn hier?", fragte er erstaunt. Ich wusste keine Antwort. Ich hockte vor ihm wie ein armer Büßer und schüttelte den Kopf. Der Mesner schwieg einen Moment; bestimmt dachte er, dass es klüger wäre, kein Aufsehen zu erregen und dadurch die Messe zu stören. So sagte er nur: „Sie warten hier!" Dann nahm er seinen Platz ein und setzte eine fromme Miene auf. Ab und zu drehte er seinen Kopf zu mir und sah mich streng an, wolle er sagen: „Du kommst auch noch dran!"

Die Messe schien ewig zu dauern. Als die Gläubigen Richtung Ausgang strömten, überlegte ich, was ich dem Mesner antworten sollte. „Tut mir leid, ich weiß meinen Namen nicht. Ich habe auch keine Ahnung, wie ich hierhergekommen bin"? Was blieb mir anderes übrig? Eine glaubhaft wirkende Ausrede hatte ich nicht zur Hand. Und so geschah es. Der Mesner sah mich lange an, dann fragte er: „Sind Sie obdachlos? Hausen Sie etwa hier in der Kirche?"

„Ja. Ganz oben, im dritten Stock. Ich bin wohl hierher geflohen, nachdem ich angeschossen wurde."

Zur Bestätigung zeigte ich ihm das Loch im Ärmel und die darunterliegende Wunde.

„Und mit dem Kopf sind Sie wohl auch aufgeschlagen. Sieht schlimm aus."

„Ich bin wohl in der Dunkelheit gestürzt – soweit ich das beurteilen kann."

Wieder schwieg der Mesner lange.

„Und was haben Sie da in der Hand?"

„Das? Das – das ist Schmutzwäsche. Ich habe faules Wasser getrunken und da…"

Der Mesner rümpfte die Nase; er roch das Unheil und brauchte keine weitere Erklärung.

„Ich verstehe. Kommen Sie mit."

Ich zögerte. Das hörte sich an wie eine Verhaftung.

„Nun kommen Sie schon! Ich zeige Ihnen, wo Sie das da entsorgen können."

Er führte mich zu einem Holzverschlag hinter der Kirche, in dem sich verschiedene Mülltonnen befanden. Ich sah mir den Mesner genau an, während ich hinter ihm herging. Es war mit Sicherheit nicht der, den ich am Tag zuvor vor dem Schuppen gesehen hatte. Jener war älter und hatte weißes Haar. Der Mesner hatte eine Halbglatze und war höchstens Mitte Vierzig.

„Sie können es da reinwerfen."

Er sah mich von oben bis unten an schüttelte er seinen Kopf. „Ich weiß nicht, was ich mit Ihnen machen soll. Sie haben Glück, dass der Pfarrer nicht mitbekommen hat, was Sie hier so treiben. Der hätte sofort die Polizei benachrichtigt. Aber ich will mal nicht so sein. Das Wichtigste wird sein, dass Sie sich erst einmal waschen. Kommen Sie mit. Ich wohne hier in einer Einliegerwohnung. Der Hof gehört der Kirche."

„Ich habe gestern einen alten Mann hier gesehen…"

„Das war wahrscheinlich Hans. Er hat den Hof früher gepachtet. Aber jetzt ist er zu alt, um noch etwas zu erwirtschaften. Er hat ein lebenslanges Wohnrecht und kümmert sich nur noch um das Nötigste."

Jedenfalls wusste ich nun, dass der alte Mann nicht der war, der auf mich geschossen hatte. De Mesner betrat das Bauernhaus durch eine niedrige Tür. Drinnen war ein ausgetretener Marmorboden, so wie in der Kirche. Ich folgte dem Mesner über eine steile Treppe hinauf in das Obergeschoss.

„Dort ist das Badezimmer. Seifen Sie sich ordentlich ein; Sie stinken wirklich entsetzlich. Die Kleider werfe ich in die Waschmaschine. Sie bekommen inzwischen was von mir, das können Sie behalten, bis Ihre Sachen trocken sind."

„Danke sehr! Ich bin Ihnen wirklich von Herzen dankbar!" Die Worte sprudelten aus mir heraus. „Wenn ich vielleicht noch einen Schluck Wasser haben könnte…"

„Natürlich."

Er brachte mir ein großes Glas frisches Wasser. Ich trank es und war mir sicher, dass ich nie zuvor etwas Köstlicheres getrunken hatte.

„Ich heiße übrigens Mühlberger, Georg Mühlberger."

„Ich würde Ihnen auch gerne meinen Namen sagen, aber das kann ich nicht. Es sieht so aus, als hätte ich durch den Sturz auf den Kopf fast alles vergessen, was meine Person betrifft. Ich weiß weder, woher ich komme, noch wie alt ich bin oder ob ich Angehörige habe – ich weiß eigentlich gar nichts."

Ich konnte nicht verhindern, dass ich bei diesen Worten zu weinen begann, was mir äußerst peinlich war.

Ich bemerkte, dass sich die strengen Gesichtszüge des Mesners in diesem Moment auflösten und einem mitfühlenden Blick Platz machten.

„Und jetzt fühlen Sie sich ziemlich einsam, hm? Na, ruhen Sie sich erst mal aus. Das andere kommt schon wieder. Sie können mir Ihren Namen sagen, wenn er Ihnen wieder eingefallen ist."

Als ich unter der Dusche stand und das heiße Wasser auf meiner Haut spürte, fühlte ich mich wie im Himmel. Die feinen Strahlen, die aus dem Duschkopf auf meinen Körper prallten, erlebte ich wie eine sanfte Massage. Ich schloss die Augen, um mich ganz diesem Genuss hinzugeben. Mir war gar nicht bewusst, dass ich zu solch sinnenfreudigen Empfindungen fähig war. Und doch glaubte ich mich an ein früheres, ähnliches Erlebnis zu erinnern. Ich sah mich in einem weiß gefliesten Badezimmer und ich war nicht allein. Ich sah eine Frau, die mir ihren Rücken zukehrte, während sie in den Spiegel sah. Wer war diese Frau? Meine Mutter? Meine Ehefrau? Ich konnte mich nicht erinnern.

Als ich in den Kleidern des Mesners in die Küche trat, hatte dieser bereits Essen zubereitet. Wir beteten vor dem Essen, wie ich es von einem Kirchenbediensteten nicht anders erwartet hätte. Ich dankte ihm noch einmal überschwänglich. Das geschah nicht aus einem Schuldgefühl heraus, sondern aus reiner Freude. Der Mesner sprach nicht viel, aber das war mir gerade recht. Ich hatte mehr als genug damit zu tun, meine eigenen Gedanken und Gefühle zu sortieren. So saßen wir schweigend zusammen und erst, als ich mich satt gegessen und meinen Durst gestillt hatte, fragte er mich: „Haben Sie schon eine Idee, was Sie jetzt tun wollen?"

„Das ist die Frage, die ich mir seit zwei Tagen selber immer wieder stellte. Ich bin natürlich daran interessiert, herauszufinden, wer ich bin. Aber – so töricht es auch klingt – es gab in dieser Zeit auch Momente, in denen ich verwundert feststellte, dass ich ohne einen Namen und ohne eine Vergangenheit durchaus glücklich sein kann."

„Das ist keineswegs töricht. Es ist definitiv richtig! Aber ich sehe hier ein anderes Problem. Wenn Sie irgendwo eine Familie haben, die Sie sucht, wäre es dann nicht egoistisch, nur auf sich selbst zu schauen?"

„So habe ich das noch gar nicht betrachtet. Sie haben natürlich recht. Wenn es da jemanden gäbe…"

„Und dann ist da noch die Sache mit ihrer Verletzung. Wenn jemand auf Sie geschossen hat, dann war es in diesem Lande mit großer Wahrscheinlichkeit ein Polizeibeamter. In diesem Fall wären Sie wahrscheinlich ein Krimineller."

Er betonte das letzte Wort und sah mich durchdringend an. Wahrscheinlich wollte er mir damit ein weiteres Detail aus meiner Vergangenheit entlocken oder herausfinden, ob ich nicht doch alles erfunden hatte, aber ich konnte ihm nichts dazu sagen. Es war, als wäre jede Erinnerung an meine jüngere Vergangenheit komplett gelöscht.

„Da haben Sie wohl ebenso recht. Und ich kann Sie nicht daran hindern, dass Sie jetzt die Polizei informieren."

„Soll ich das denn tun?"

„Das ist ganz allein Ihre Entscheidung. Wie auch immer, ich werde Ihnen trotzdem dankbar sein, weil Sie mich in Ihr Haus eingeladen und zu essen gegeben haben."

„Hmm...", brummte der Mesner nur. Er faltete seine Hände, legte sie auf seinen Schoß und senkte seinen Kopf. Ich wusste nicht, ob er betete oder nur nachdachte. Dann, nach längerem Schweigen, sah er zu mir auf und sagte: „Vielleicht würde eine Untersuchung durch die Behörden Licht ins Dunkel bringen." Wieder richtete er seine warmen, dunklen Augen prüfend auf mich.

Ich musste ihm wieder zustimmen. Aber die Vorstellung, ich würde jetzt in einer Amtsstube befragt werden, jagte mir einen Schrecken ein. Mühlberger las meine Miene richtig und sagte: „Die Zeit ist wohl noch nicht reif dafür. Ich halte es für fair, Ihnen eine angemessene Zeit zu geben, um sich zu erinnern. Es ist alles noch sehr frisch. Ich würde vorschlagen, Sie bleiben so lange hier, bis Ihre Wunden verheilt sind."

„Das ist sehr freundlich von Ihnen. Kann ich dann weiterhin in der Kirche bleiben?"

„Ha!" Mühlberger lachte nun zum ersten Mal und entblößte eine lustige Lücke zwischen den oberen Schneidezähnen, die in starkem Gegensatz zu seinem gepflegten Äußeren stand. „Das wäre ja noch schöner! Der Bauer hat noch ein paar Zimmer übrig für den Fall, dass Wallfahrer hier Quartier beziehen wollen. Ich denke mal, er hat nichts dagegen, dass Sie dort wohnen, unter der Bedingung, dass Sie ihm bei der Arbeit zur Hand gehen."

„Das wäre großartig!"

III. Meditation

Und so geschah es dann. Ich bekam ein einfaches Zimmer mit richtigem Federbett und Etagenbad und durfte beim Bauern mitessen. Dafür half ich ihm dabei, Hecken und Gras zu schneiden, Obst und Gemüse zu ernten, im Haus sauber zu machen und kleinere Reparaturen durchzuführen. Mühlberger kam nur zweimal pro Woche hierher, gewöhnlich immer dienstags und freitags, die übrige Zeit hatte er Aufgaben in der Hauptkirche zu erfüllen.

Der Bauer war schon sehr alt, 85 Jahre, wie er mir sagte, und hatte die Gicht; vielleicht war er deswegen immer so mürrisch. Er war zwar mit dem Vorschlag des Mesners, mich bei ihm einzuquartieren, einverstanden, aber, seinem Verhalten nach zu urteilen, alles andere als erfreut darüber. Wenn er einen guten Tag hatte, brachte er ein „Morgen" heraus, wenn nicht, tat er gerade so als wäre ich gar nicht anwesend. Ich machte mir nichts draus. Ich erledigte alles, was er mir auftrug, darum gab es auch nie Grund zu streiten. Der Bauer war noch schweigsamer als Mühlberger, so dass unsere Unterhaltungen, die meistens beim Essen stattfanden, sehr wortkarg verliefen. Dennoch war ich für seine Gesellschaft dankbar. Es war allemal besser, einen stillen Menschen um sich zu haben als gar keinen. Ja, ich mochte mein Leben hier auf diesem einsamen Hof. Warum auch nicht? Ich konnte mich nicht an ein anderes Leben erinnern. Ich hatte doch alles, was ich brauchte: ein weiches Bett, ein Dach über dem Kopf, genug zu essen und zu trinken und eine Aufgabe, die mir Spaß machte. Übrigens hatte ich auch genügend freie Zeit, die ich dazu nutzte, um die Gegend zu erkunden. Sobald sich jedoch eine Gelegenheit bot, ging ich mit Eimer und Schrubber hinauf in mein Kirchzimmer und machte alles gründlich sauber. Nur das Stroh mit den verbliebenen Ähren ließ ich zurück; das Mäuschen würde es mir danken. Ein weiteres Anliegen war es mir, die Decke und die Wiege zurück in den Schuppen zu bringen. Alles sollte wieder in Ordnung gebracht werden und so aussehen wie vor meinem „Diebstahl". Ich wollte niemandem Anlass geben, an meiner Loyalität zu zweifeln. Aber so leicht wurde es mir nicht gemacht. Als ich alle Gegenstände wieder an dem Platz verstaut hatte, an dem ich sie gefunden hatte, und die Tür hinter mir verschloss, stand plötzlich der Bauer vor mir und sah mich zornig an.

„Was hast du in dem Schuppen zu suchen?", herrschte er mich an.

„Entschuldigen Sie bitte!", sagte ich peinlich berührt. „Ich hatte mir vor ein paar Tagen etwas ausgeliehen, was ich nun wieder zurückgebracht habe. Es ist alles wieder so, wie ich es vorgefunden habe. Ich habe nichts gestohlen."

„Was wolltest du mit der Wiege?"

„Ich wollte nur Regenwasser damit auffangen, weil – "

„Was fällt dir ein?! Die Sachen bleiben, wo sie sind. Niemand darf sie wegnehmen, verstanden?"

Er wurde ganz rot im Gesicht und atmete schwer. Ich bekam es mit der Angst zu tun, er würde einen Herzanfall erleiden, darum versuchte ich, ihn zu besänftigen.

„Es tut mir leid. Ich werde nie mehr da hineingehen, versprochen! Als ich hierherkam, wusste ich mir nicht zu helfen, ich hatte nichts zu essen und nichts zu trinken. Ich wusste ja nicht, welche Bedeutung die Sachen für Sie haben. "

Meine Erklärung zeigte Wirkung. Er schien sich wieder etwas zu beruhigen. Er straffte sich und sah mich durchdringend an.

„Das war die Wiege, in der mein Sohn aufwachsen sollte. Er starb bei der Geburt, ebenso wie seine Mutter. Ich will nicht daran erinnert werden, verstehen Sie das denn nicht?"

„Doch. Natürlich! Das verstehe ich sehr gut. Verzeihen Sie. Das konnte ich nicht ahnen. Es tut mir sehr leid für Sie."

„Schon gut", murmelte er.

Als ich sah, dass sein erster Ärger verflogen war, wurde ich mutiger.

„Erinnerungen können uns ein ganzes Leben lang quälen. Manchmal ist es besser, alles wegzuwerfen, was einen an eine unglückliche Vergangenheit erinnert."

„Das sagen ausgerechnet Sie? Wo Sie doch ganz wild darauf sind, etwas aus Ihrer Vergangenheit zu erfahren."

„Sie haben recht. Ich sollte mich eigentlich mit dem zufriedenstellen, was ich jetzt habe. Vielleicht wäre das klüger, als nach einer ungewissen Vergangenheit zu forschen. Aber die Wiege – ich meine, sie lag hier unter einer Decke und Staub vergraben. Warum haben Sie sie nicht gleich verbrannt?"

„Weil ich es nicht konnte! Ich habe sie selbst gezimmert und bemalt."

„Ja..."

„Ich weiß nicht, ob Sie das verstehen können. Es ist nicht der Gegenstand alleine, der mir wertvoll ist, sondern das, was ich fühlte, während ich an der Wiege arbeitete. Ich habe mir lange Zeit gelassen damit. Ich meine, ich hätte sie an einem Tag bauen können, wenn ich gewollt hätte. Ich habe es einfach genossen, bei jedem Handgriff an mein Kind zu denken. Ich war glücklich, während ich zusah, wie die Wiege entstand, so wie mein Kind im Bauch seiner Mutter heranwuchs. Wir waren beide glücklich. Dann war die Wiege fertig. Ich war stolz darauf, weil sie schön geworden ist, wie ich es wollte. Doch das Kind wollte den Mutterleib nicht verlassen oder konnte es nicht..."

Er schüttelt den Kopf, als könne er immer nicht begreifen, wie so ein Unglück geschehen konnte.

„Das tut mir leid."

„Dann hatte ich die Wiege, nur das Kind dazu fehlte."

Ich sah, wie er zögerte, die ganze traurige Geschichte preiszugeben. Seine Lippen bebten und seine Augen wurden feucht.

„Und trotzdem hoffte ich, ein Wunder würde geschehen und eines Tages würde ein Kind darin liegen, das Kind, das irgendwann mit mir den Hof führen würde. Ich habe die Wiege lange Zeit immer wieder geputzt, fast jeden Tag, und habe mir vorgestellt, dass ein Kind darin liegen würde. Ich habe einfach weiter gehofft, obwohl meine Frau tot war. Was war ich bloß für ein Narr! Das ist jetzt vorbei. Hoffnung ist etwas für Dumme."

Als ich den alten Mann in seiner zusammengesunkenen Haltung weinen sah, war es um meine Fassung geschehen. Auch ich bekam feuchte Augen und legte meine Hand auf die Schulter des Bauern.

„Ich finde, das war richtig, was Sie getan haben. Und ich glaube trotz allem, dass man die ..Hoffnung niemals aufgeben darf. Ich glaube, alle Wünsche gehen in Erfüllung, nur sehen sie dann meistens anders aus als wir sie uns vorgestellt haben, besser sogar. Wir sehen leider oft nur die Oberfläche der Ereignisse. Doch hinter jedem vermeintlichen Unglück ist ein Geschenk für uns verborgen; daran glaube ich."

Warum sage ich das alles? Woher nehme ich diese Weisheit?

„Phh! Was hat Hoffnung noch für einen Sinn, in meinem Alter?"

Während der Bauer diese Frage stellte, ging wieder etwas Seltsames in mir vor. Vor meinem inneren Auge breitete sich ein Bild aus. Aus dem Bild wurde eine ganze Sequenz, ein Film! Ich hatte den dringenden Wunsch, dem alten Mann zu helfen. Aber nicht nur das – ich wusste auch wie! Es war ganz klar aufgezeichnet, als hätte ich die Zukunft bereits erlebt.

„Das Leben hat mehr Überraschungen für uns auf Lager als wir uns in unseren kühnsten Träumen vorstellen könnten. Warten Sie ab! Kein Wunsch geht jemals verloren."

Der Alte sah mich von unten an, ein Auge zugekniffen.

„Du bist mir zu jung, Bürschchen, als dass ich dir das einfach so abnehmen würde. Aber du sprichst so überzeugt, dass man dir glauben möchte."

„Das dürfen Sie! Es werden wunderbare Dinge geschehen."

„Du gehörst aber nicht zu so einer Sekte, oder?"

„Aber nein! Mit Religionen habe ich nichts am Hut. Es war reiner Zufall, dass ich in einer Kirche untergeschlüpft bin."

„Mhm. Dann... nichts für ungut! Wegen der Wiege..."

Da an diesem Tag nichts mehr zu tun war, ging ich ein Stück weit in den Wald hinein. Ich setzte mich auf einen umgestürzten Baumstamm und dachte nach. Ich hatte schon oft von Menschen gehört, die klare Visionen von irgendwoher bekamen, Stimmen hörten, Erscheinungen hatten und ihnen Folge leisteten. Dadurch wurden sie nicht selten zu Heiligen. Und nun erlebte **ich** so etwas, ich, der ich nicht einmal meinen Namen kannte! Ich lachte über die

Vorstellung, bei meiner Heiligsprechung würde ich nur *der Heilige Unbekannte* genannt. Aber ganz abgesehen von den persönlichen Folgen, die so eine gesegnete Handlung vielleicht für mich haben könnte, war meine Vision ganz sicher ein Weg, um dem Bauern Trost zu spenden. Was ich dazu tun musste, war weit weniger spektakulär als z.B. ein Heer anzuführen wie Jeanne d'Arc, es bedurfte dazu auch keiner selbstlosen Tat, etwa seine reichen Eltern zu verlassen, wie es Franz von Assisi nach einem Fiebertraum tat. Ich trug die Gewissheit in mir, dass ich dazu nur meditieren musste. Meditieren - ich gebrauchte dieses Wort, obwohl ich keine Ahnung davon hatte. Aber ich wusste, wer mir dabei helfen konnte. Als nächstes brauchte ich die Hilfe von Georg Mühlberger, dem Mesner.

Ich traf ihn zwei Tage später, als er seinen Rundgang durch die Kirche und über die Pachtgründe der Diözese machte. Er war, ganz im Gegensatz zu seinem ruhigen Naturell, in beinahe euphorischer Stimmung.

„Eine große Überraschung! Unsere Kirche St. Georg bekommt hohen Besuch! Der Bischof wird in einem Monat hier eine Messe abhalten. Stell' dir das vor! Wahrscheinlich ist das noch nie seit ihrem Bestehen passiert."

„Aber was ist der Anlass?"

„Vor 750 Jahren wurde die Kirche erbaut. Wie so viele andere Filialkirchen in unserer Gegend. Und unsere hat der Bischof für seinen Besuch auserwählt. Das ist eine große Ehre!"

Mir war natürlich nicht entgangen, dass mich der Mesner mit „Du" angesprochen hatte, und ging darauf ein.

„Verzeih mir! Aber warum ausgerechnet St. Georg? Sie ist nicht in ihrem besten Zustand, würde ich behaupten."

„Du weißt nichts über die Geschichte der Kirche. Im letzten Krieg wurde auch diese Gegend hier immer wieder bombardiert, zum welchem Zweck auch immer. Angeblich vermuteten die Amerikaner hier unterirdische Bunker, in denen Waffen produziert wurden. Und genau zu der Zeit, als die Sonntagsmesse stattfand, fiel eine Bombe durch das Kirchendach."

„Um Gottes Willen! Eine Katastrophe!"

„Nein! Das ist ja das Wunder! Sie ist tatsächlich explodiert! Aber erst später! Überall schlugen die Bomben ein und verwandelten die Felder ringsumher in eine Mondlandschaft. Du musst dir das vorstellen! Die Gläubigen beten in der Kirche. Dann hört man das tiefe Brummen der Flugmotoren. Kurz darauf die Erschütterungen, als die ersten Bomben detonierten. Doch kurz bevor tatsächlich eine Bombe das Dach der Kirche durchschlug und zwischen den Bankreihen liegen blieb, ohne zu explodieren, hatte sich der Pfarrer lautstark an den Heiligen Georg gewandt und ein Stoßgebet gerufen. Als die Flugzeuge wieder abdrehten, verließen die Menschen in aller Eile die Kirche. Kaum waren sie wieder in ihren Häusern verschwunden, detonierte die Bombe. Dadurch, dass es in der Kirche geschah, richtete sie nur dort Schaden an, aber weit weniger, als man es bei einer Bombe dieser Größe erwarten konnte. Die Kirchenbänke und Beichtstühle lagen in Trümmern, einige Fenster waren zerbrochen, aber ansonsten gab es keine nennenswerten Beschädigungen."

„Kaum zu glauben!"

„Ich weiß! Wäre die Bombe früher gefallen oder neben der Kirche niedergegangen, hätte sie viele Menschenleben gekostet. Die Pfarrei hatte daraufhin beschlossen, nur das Kirchendach wieder instand zu setzen, und die zerstörten Einbauten zu entfernen. Von da an sollte sich jeder Mann und jede Frau an das Wunder des Jahres 1945 erinnern. So wurde St. Georg zu einem Wallfahrtsort."

„Man sagt also, der Schutzheilige habe das Wunder getan?"

„So sehen es die meisten."

„Und nun ist dieser Ort geheiligt."

„Ich weiß nicht, welcher Religion du angehörst oder ob du am Ende Atheist bist…"

„Ich habe keine Ahnung. Das war keine so bedeutsame Frage, dass ich mir darüber in den letzten Wochen Gedanken machte. Ich weiß nicht, ob ich eine Religion brauche, und ich kann dir auch nicht sagen, woran ich früher glaubte."

„Das finde ich interessant. Du bist sozusagen ein unbeschriebenes Blatt und kannst ganz frei entscheiden, wie du zu der Idee von Gott stehst. Ganz im Gegensatz zu mir. Ich wurde hier geboren, eine Hausgeburt. Meine Eltern waren katholisch und gaben mir mit meinem Namen auch den Schutz eines Heiligen."

„Du hast den Katholizismus quasi mit der Muttermilch eingesogen."

Georg grinste. „Ja, so könnte man ohne Übertreibung sagen!"

„Ich... wollte dich um etwas bitten."

„Heraus damit!"

„Vielleicht bin ich gar kein so unbeschriebenes Blatt mehr. Ich hatte nämlich vor ein paar Tagen ein seltsames Erlebnis."

„Ein Erlebnis? Welcher Art?"

„Etwas, was man durchaus dem Bereich der Wunder zuordnen könnte."

„Erzähl! Ich bin gespannt!"

„Ich habe mich mit dem Bauern unterhalten. Ich erfuhr, dass er immer noch an dem Unglück leidet, das damals bei der Geburt seines Kindes geschah."

„Ein schreckliches Drama! Ich kenne die Geschichte."

„Er tat mir leid. Ich fühlte mich so hilflos, als er mir alles erzählte. Doch plötzlich war mir klar, dass ich ihm helfen könnte. Das war keine rationale, logische Erkenntnis, sondern eine Eingebung. Ich sah die Lösung von einer Sekunde auf die andere vor meinen Augen."

Georg nickte nachdenklich.

„Nur fühle ich mich damit überfordert. Ich weiß einfach zu wenig über Meditation."

„Meditation? Du willst also meditieren?"

„Ich muss! So habe ich es in meiner Erscheinung gesehen. Aber ich weiß nicht, wie das geht."

Die Augen des Mesners leuchteten auf.

„Meditation ist mein Lebenselixier! Es ist kein Zufall, dass wir zusammengetroffen sind. Dessen bin ich mir sicher."

„Dann würdest du mir das Meditieren beibringen?"

„Mit Freuden! Ich muss mich gleich noch um die Organisation des Bischofsbesuchs kümmern, ein paar Telefonate führen. Komm doch heute Abend in meine Wohnung! Dann bekommst du deine erste Lektion."

„Das ist großartig! Ich danke dir!"

Ein neuartiges Glücksgefühl breitete sich in meiner Brust aus. Nicht vergleichbar mit dem Gefühl, das ich am ersten Tag am Kirchenportal hatte, nicht diese tiefe, stille Gewissheit, dass alles gut ist, sondern mehr eine Vorfreude auf etwas völlig Neues, das dazu beitragen wird, mein Leben noch weiter zu bereichern. Ich konnte jetzt unmöglich stillsitzen, ich musste mich bewegen. Meine Gefühle konnte sich nicht innerhalb von vier Wänden ausdrücken, nur der Himmel war weit genug, um meiner Freude den Raum zu geben, den sie brauchte. Ich wollte jetzt keine Menschen um mich haben, denen ich mich erklären musste, und wandte meine Schritte dem Wald zu, den ich inzwischen schon ganz gut erkundet hatte. Vor lauter Übermut begann ich zu laufen. Wie ein Kind sprang ich über Wurzeln und umgestürzte Bäume, blieb dann und wann stehen, um dem Vogelgesang zu lauschen und ließ mich, wo es mir gerade gefiel, ins Moos fallen. Ich roch das unverwechselbare Aroma von Pilzen und fand etliche Maronen und Pfifferlinge. Während ich sie pflückte, kam eine Erinnerung zurück. Ich sah mich schon einmal an diesem Ort, als Kind, einige Meter weiter eine Frau, dieselbe Frau, die ich vor kurzem sah, während ich duschte. Jetzt fiel es mir wieder ein! Es war meine Mutter, zweifellos! Ich wusste wieder, dass ich in meiner Kindheit öfter hier war, um mit ihr nach Pilzen zu suchen. Wir fuhren mit dem Fahrrad immer einen bestimmten Forstweg entlang bis zu einem kleinen Hügel, dann gingen wir zu Fuß nach rechts in den Wald hinein. Ich achtete immer darauf, dass meine Mutter in Sichtweite blieb, denn einmal hatte ich sie schon aus den Augen verloren, zum Glück konnten wir uns mit Rufen verständigen und hatten uns schnell wieder gefunden. Ich konnte mich auch eine kleine, hellblaue Schüssel erinnern, die ich bei mir trug, um darin die Pilze und manchmal auch Beeren zu sammeln. Immer wenn sie voll war, ging ich damit zu meiner Mutter, um meine Ausbeute in ihren großen Korb zu füllen und mich erneut auf die Suche zu machen. Ich dachte scharf nach, ob mir mein Gedächtnis auch den Ort zeigen konnte, von dem aus wir den Wald aufsuchten. Ich konnte mich daran erinnern, dass wir mit dem Rad gefahren waren, also musste unser Wohnort irgendwo in der Nähe sein, aber wo genau? *Wieso weiß ich nicht, wie mich meine*

Mutter nannte? Wieso kann ich mich nicht an den Namen meiner eigenen Mutter erinnern?

Vielleicht würde sich, dachte ich, *wenn ich ein paar von den schwarzen Brombeeren aß, mein Geschmacksgedächtnis wieder melden?* Die Beeren schmeckten köstlich, aber mein Gedächtnis ließ sich nicht erweichen, mehr von der spärlichen Erinnerung an frühere Ereignisse preiszugeben. Immerhin – ein Anfang war gemacht. Ich musste geduldig sein.

Frohen Mutes ging ich am Abend zu Georg Mühlberger. Er führte mich in sein Wohnzimmer, das kaum größer als die Küche war. Anstelle des elektrischen Lichts hatte er in der Mitte des Raumes Kerzen aufgestellt. Ich roch den würzigen Geruch von Räucherstäbchen.

„Ein bisschen Hokuspokus muss schon sein", sagte er lächelnd. „Meditieren ist keine nüchterne Angelegenheit. Es hat immer etwas Zauberhaftes und Geheimnisvolles."

Er bat mich, auf einem Stuhl Platz zu nehmen.

„Jetzt setz dich gerade hin, aufrecht, nicht demütig, aber auch nicht lässig. Du bist ein Mensch und ein Sohn Gottes. Das darfst du ruhig mit deiner Körperhaltung ausdrücken."

Ich traute meinen Ohren nicht. „Wie war das? Ich? Ein Sohn Gottes?"

„Natürlich! Wir sind alles Kinder Gottes. Oder bist du anderer Meinung?"

Ich wusste darauf nichts zu sagen und drückte meine Wirbelsäule durch, bis ich das Gefühl hatte, aufrecht und doch entspannt zu sitzen. Es war ungewohnt und für meinen Rücken anstrengend, aber ich fühlte mich dadurch irgendwie größer.

„So! Nun reibst du die Handflächen gegeneinander, so wie ich. Du wirst feststellen, dass dabei ordentlich Hitze entsteht. Gut. Jetzt hältst du die Hände weiterhin gefaltet vor deiner Brust. Achte dich dafür, dass du bereit bist, deine Göttlichkeit zu erfahren."

„Meine Göttlichkeit?"

„Ruhig jetzt! Es gibt nichts mehr zu diskutieren. Schließ deine Augen! Achte auf deinen Atem! Verfolge ihn mit deiner Aufmerksamkeit. Nimm wahr, wie er durch die Nase in den Körper einströmt, wie er sich in deinem Körper ausbreitet, jede einzelne Zelle mit Sauerstoff erfrischt und wie du alte, verbrauchte Luft wieder ausatmest. Lass dir Zeit dabei. Du hast wirklich alle Zeit der Welt."

Georgs Stimme klang jetzt sehr sanft. Er sprach langsam, wie in Zeitlupe, und leise, bisweilen flüsternd.

„Stell dir jetzt vor, in deinem Unterleib, etwa fünf Zentimeter unterhalb deines Nabels ruht eine kleine Kugel, so groß wie eine Walnuss vielleicht. Sie leuchtet sehr hell. Stell sie dir einfach vor ... Als ob du das erste Mal in deinem Leben einen Blick in dein Inneres tun würdest. Woher solltest du wissen, was du dort alles vorfindest, wenn du noch nie hineingesehen hast?

Du lenkst deinen Atem in diese Kugel hinein ... Und während du einatmest, wird die Kugel noch heller, und während du ausatmest, wird sie größer. Mit jedem Atemzug wächst sie nach allen Seiten gleichzeitig. Lass dir Zeit! Übe dich darin mit größtmöglicher Gelassenheit. Ich werde jetzt eine Minute schweigen, um dir Zeit zu geben, deine Lichtkugel wachsen zu lassen, so weit, bis du sie als leuchtenden Ball in deinem Leib wahrnimmst."

Ich versuchte zu tun, was er mir sagte. Doch es war schwieriger, als ich dachte. Ich versuchte es wieder und wieder mit aller Konzentration, die ich aufbringen konnte. Aber meine Kugel war eher eine Seifenblase als ein leuchtender Ball. Ich sah sie für Sekundenbruchteile, aber sie zerplatzte, ehe ich sie mit meinem Atem erreichen konnte. Georg schien das zu ahnen.

„Bleib einfach mit deinen Gedanken bei deiner Kugel. Es ist egal, wenn du zwischendurch abschweifst. Ärgere dich nicht darüber. Es ist noch kein Meister vom Himmel gefallen. Wenn du keine Lichtkugel sehen kannst, versuche sie zu fühlen. Stell dir vor, welche Hitze solch eine hell leuchtende Kugel ausströmt. Dann verwende deinen Atem, um sie zu kühlen."

Als ich mich auf die Hitze meiner Kugel konzentrierte, fiel es mir leichter, ihre Position in meinem Bauch auszumachen. Nach einigen Atemzügen konnte ich wahrnehmen, dass sich ihre Größe veränderte.

„Sehr gut!", sagte Georg, der tatsächlich meine Gedanken zu lesen schien. „Jetzt stell dir vor, dass deine Lichtkugel so groß geworden ist, dass sie in deinem Körper nicht mehr Platz hat. Sie ist an die Grenzen deines Körpers gelangt, doch du atmest immer weiter und bewirkst, dass sie sich nach allen Seiten ausbreitet und immer noch heller und heißer wird. Und jetzt, wo du erkennst, dass du sie nicht mehr in deinem Körper halten kannst, tust du einen kräftigen Atemzug und beobachtest, wie sie explosionsartig aus deinem Körper heraustritt, nach allen Seiten gleichzeitig. Und plötzlich wird dir gewahr, dass du in deiner hellglänzenden Lichtkugel sitzt."

Tatsächlich hatte ich nun den Eindruck, als säße ich im Inneren einer riesengroßen, goldschimmernden Seifenblase.

„Schau sie dir genau an! Schau nach oben, nach unten, zur Seite, nach vorne und hinten. Du bist rundherum von einer Kugel aus Licht umgeben ... Du bist in deiner Lichtkugel immer sicher und geschützt, egal, was kommen mag. Das ist dein ICH BIN, dein göttlicher Kern, der immer in dir gegenwärtig ist, auch wenn du ihn nicht fühlst. Genieße es, in deiner prachtvollen Kugel zu sitzen! Niemand kann in deine Kugel eindringen, wenn du es nicht willst. Schau sie dir genau an! Welche Farbe hat sie? Ist sie überall gleichmäßig rund oder musst du noch Korrekturen vornehmen? Wie ist der Rand der Kugel beschaffen, wie eine Haut oder mehr wie Glas? Betrachte sie genau und akzeptiere, dass sie real ist."

Auch wenn ich zwischendurch vergaß, dass meine Lichtkugel auch hinter mir und unter mir existierte, wurde das Gefühl der Sicherheit in mir stark. Zugleich breitete sich in meinem Geist derselbe grenzenlose Frieden aus, den ich vor einigen Tagen schon einmal gespürt hatte. Damals zufällig, jetzt ganz bewusst?

„Und nun lässt du das Licht deiner Kugel wieder kleiner werden. Zieh dein Licht wieder zurück, langsam, mit jedem

Atemzug ein bisschen mehr, so lange, bis deine Kugel seine ursprüngliche Größe erreicht hat und als kleine nussgroße Kugel in deinem Unterbach ruht ... Sei dir jedoch immer bewusst, dass es nur einiger Atemzüge bedarf und deine Kugel wird wieder so groß, dass du in ihr sitzen kannst. Nun lege deine linke Hand auf dein Herz und die rechte Hand darüber. Danke für die Erfahrung, die du heute machen durftest, nämlich einen Blick auf deine Göttlichkeit zu werfen ... Dann beobachtest du, wie ein helles blaues Licht von oben über dich fällt, über deinen Kopf, deine Schultern, deine Hüften, deine Beine und schließlich deinen ganzen Körper umhüllt. Und noch einmal lässt du mit einem kräftigen Atemzug deine Energie nach alles Seiten strahlen und das blaue Licht verschwindet ... Du bist jetzt wieder hier auf deinem Stuhl in meinem Wohnzimmer angekommen und darfst deine Augen öffnen."

Es dauerte einige Sekunden, bis ich wieder bei mir war, denn ich fühlte mich, als hätte ich mehrere Stunden geschlafen. Ich glaubte, etwas Besonderes erlebt zu haben, obgleich ich doch wusste, dass ich nur auf diesem Stuhl gesessen war.

„Wie fühlst du dich?", fragte Georg.

„Eigenartig. So als hätte ich tief geschlafen."

„Tatsächlich bist du nur etwa 15 Minuten auf deinem Stuhl gesessen. Die Tatsache, dass du die Zeit nicht einschätzen kannst, zeigt, dass du gut mitgemacht hast. Während einer tiefen Meditation relativen sich die Zeit und der Raum, in dem du dich befindest. Du bestimmst, wo du sein möchtest, während sich die Zeit auflöst."

„Und das ist die ganze Kunst?"

„Oh nein! Das ist der erste Schritt. Wenn du dich entscheidest, Meditation zu betreiben, musst du akzeptieren, dass du niemals fertig sein wirst. Es gibt immer etwas Neues zu entdecken. Aber wenn du es wirklich willst, übe deine Lichtkugel mehrmals täglich! Du wirst feststellen, dass es dir von Mal zu Mal leichter fällt, sie aufzubauen. Ich schlage vor, wir treffen uns in einer Woche wieder hier, dann bekommst du die nächste Lektion."

„Die nächste Lektion? Ich dachte eigentlich - "

„Dass du jetzt gleich tun kannst, was du in deinem Traum gesehen hast? Du kannst es versuchen. Aber sei nicht zu enttäuscht, wenn es nicht klappt. Ehe du nicht den nächsten Schritt gelernt hast, wird es kaum möglich sein."

„Na gut. Dann muss ich mich eben gedulden."

„Alles kommt zur rechten Zeit. Es hat wenig Sinn, im Winter Tulpen zu pflanzen."

Ich nickte, ohne genau zu wissen, was er damit meinte.

„Dann danke ich recht schön. Ich werde fleißig üben, versprochen!"

Georg lachte. „Wir sind hier nicht in der Schule. Danke dir selbst, dass du dir die Mühe machst, das Beste aus dir zu machen."

In nahm mir vor, mindestens viermal am Tag zu üben. Ich wollte gut sein, das war ich meinem Lehrer Georg und dem Bauern Hans schuldig. Doch die ersten Versuche, die ich ohne Anleitung unternahm, waren ernüchternd. Es ging nicht annähernd so gut, wie am ersten Tag beim Mesner. In den nächsten Tagen begann ich zu zweifeln, ob es die Mühe überhaupt wert war, aber meine Übungen setzte ich eisern fort.

Der alte Bauer schaute mich seit unserem Gespräch immer erwartungsvoll an, als wäre ich dafür verantwortlich, dass etwas Großes geschah. Und irgendwie war ich das auch. Ich hatte die Hoffnung in ihm geweckt, dass sein Wunsch, die Wiege sollte nicht leer bleiben, in Erfüllung ging. Ich muss sehr überzeugend gewesen sein, denn seitdem verhielt er sich deutlich freundlicher; er erlaubte mir sogar, ihn Hans zu nennen. Ich durfte gespannt sein, ob diese Veränderung auch dann noch anhielt, wenn das angekündigte Ereignis ausblieb.

Eines Tages hörte ich Geräusche, die aus dem Schuppen kamen, wo bisher nie jemand etwas zu tun hatte. Ich beschloss, nach dem Rechten zu schauen, nicht, dass ein Landstreicher dort untergeschlüpft war. Als ich die Tür öffnete und ein Lichtschein hineinfiel, sah ich schemenhaft einen Mann, der die alte Wiege vor sich hatte und mit Schleifpapier bearbeitete.

„Hans?", fragte ich, während ich versuchte, im Dämmerlicht etwas zu erkennen. „Bist du das? Ich dachte schon, jemand sei eingebrochen. Was machst du da?"

„Ach, du bist es, Kaspar!" Er nannte mich neuerdings Kaspar, nach jenem ominösen Findelkind Kaspar Hauser aus dem 19. Jahrhundert. „Ich dachte, es wäre vielleicht nützlich, die Wiege wieder in Schuss zu bringen. Wäre doch schade, wenn da etwas kommt, und es ist nichts vorbereitet."

Für einen Moment fehlten mir die Worte.

„Aber Hans! Ich habe doch nie behauptet, dass da etwas kommt, wofür man im Allgemeinen eine Wiege braucht."

„Du hast gesagt: Kein Wunsch geht jemals verloren!", entgegnete Hans trotzig.

„Das stimmt schon. Aber was hast du dir denn tatsächlich gewünscht? Nicht unbedingt ein Kind, würde ich behaupten, sondern etwas, wofür du eine Vaterrolle einnehmen könntest."

„Eben! Ein Kind!"

„Sei mal ehrlich! Du bist ein alter Mann. Würdest du wirklich ein Baby haben wollen? Könntest du ihm geben, was es alles braucht?"

Ich versuchte zu lachen, aber es gelang mir nicht recht.

„Dann war das alles nur Gerede?"

In seiner Stimme schwang etwas mit, was mir nicht gefiel. Ich beeilte mich, etwas Versöhnliches zu antworten.

„Aber nein! Es verhält sich alles so, wie ich gesagt habe. Lass dich einfach überraschen! Leg dich nicht darauf fest, auf welche Weise dein Wunsch erfüllt wird. Arbeite ruhig weiter an der Wiege, wenn es dir Freude macht. Aber sorge für besseres Licht! Du ruinierst dir noch deine Augen."

„Immer diese Andeutungen!", brummte Hans. „Ich kann das schon nicht mehr hören. Irgendwie, irgendwann! Geht's vielleicht ein bisschen genauer?"

„In einer Woche kann ich dir Genaueres sagen. Reicht dir das?"

„Eine Woche? Na gut."

Dann wandte er sich wieder seiner Wiege zu und würdigte mich keines Blickes mehr.

Ich war nun sehr beunruhigt, weil ich Schuld daran hatte, dass der alte Bauer etwas von mir erwartete, was ich ihm zwar nie versprochen hatte, aber er gleichwohl erwarten durfte. Seine traurige Lebensgeschichte vom Tod von Frau und Kind hatte mein Mitleid erregt und eigentlich wollte ich ihn nur dazu ermuntern, nach vorne zu schauen. Ich konnte ja nicht ahnen, dass er sich so sehr in die Vorstellung eines Kindes in seiner Wiege verbeißen würde. Ob meine Vision sich letztendlich bewahrheiten würde, stand derzeit noch in den Sternen. Ich war froh, dass ich am nächsten Abend eine weitere Lektion in Meditation erhalten würde. Ich brannte darauf, endlich etwas zu tun, was meiner Vision Leben einhauchte.

„Wie ist es dir ergangen bei deinen Übungen?", fragte Georg. Sein Wohnzimmer war dieses Mal nur von

Kerzenlicht beleuchtet. Mir fiel auf, dass drei Kerzen unterschiedlicher Farbe und Größe in der Mitte des Raumes standen.

„Ich denke, ich habe ganz gute Fortschritte gemacht. Am Anfang war es schwer, die Lichtkugel in mir zu sehen, aber bald ging es leichter und schneller."

„Gut. Auch ich habe Fortschritte gemacht, was den Besuch des Bischofs angeht", sagte er und rieb sich vor Aufregung die Hände. „Am 18. Juli wird er von der Stadt aus hierher pilgern und eine Messe zelebrieren. Das heißt, wir haben noch knapp drei Wochen Zeit, um alles zu organisieren. Natürlich fällt das alles nicht allein in meine Verantwortung. Seine Exzellenz hat seinen eigenen Beraterstab, der sich um alles kümmert. Ich bin da nur ein ganz kleines Licht. Meine Aufgabe wird darin bestehen, die Kirche und die Umgebung, also den Weg hierher, die Pflanzen ringsherum und die Gebäude in schmuckem Zustand zu übergeben und alle Messrequisiten zur Verfügung zu stellen. Außerdem habe ich einen hiesigen Bildhauer beauftragt, eine Statue des Heiligen Georg mit unserer Kirche im Hintergrund anzufertigen, als Geschenk."

Georg strahlte bei diesen Worten.

„Der arme Bischof!", spottete ich. „Wohin mit all den Geschenken, die er bekommt?"

„Das soll nicht unsere Sorge sein. Es ist nun mal eine unverzichtbare Geste. Gut!" Er klopfte seine Hände gegen die Oberschenkel als Zeichen dafür, dass er jetzt mit dem Unterricht beginnen möchte. „Nachdem du die erste Lektion verstanden und fleißig geübt hast, werden wir jetzt neben der ersten Lichtkugel in deinem Bauch und der zweiten um dich herum noch die dritte Lichtkugel üben, die das ganze Universum umfasst."

„Darum also die drei Kerzen am Boden?"

„Ja, die drei Kerzen haben eine Bedeutung, ebenso wie die drei Lichtkugeln. Die erste Kugel symbolisiert dein Innerstes, deinen göttlichen Ursprung, die zweite steht für das, was deine Individualität ausmacht, die dritte bedeutet, dass du dennoch eins mit allem bist."

„Wie kann man sich das vorstellen, dass man eins mit allem ist?"

„Man kann es sich nicht vorstellen. Nicht, solange man in diesem Wachbewusstsein ist."

„Wachbewusstsein? Was bedeutet das?"

„Das bedeutet, dass du die Welt ausschließlich mit deinen fünf Sinnen wahrnimmst, so wie die meisten Menschen das gewöhnlich tun. In diesem Bewusstsein siehst du dich hier und einen anderen Menschen dort. Du nimmst dich als begrenztes Wesen in deinem Körper wahr und siehst nicht, dass du mit allem in Verbindung stehst und dass alles, was du tust und denkst, deine gesamte Umwelt verändert. Wenn du einen tiefen meditativen Zustand annimmst, kannst du deine Individualität verlassen; erst dann siehst du klar."

„Ich verstehe zwar nicht, was du damit meinst, aber es hört sich interessant an."

„Es ist noch viel interessanter als du glaubst. Es enthält die schwer zu glaubende Tatsache, dass du alles bist, was in deiner Wahrnehmung existiert. Es gibt nur dich in deinem Universum."

„Moment! Das kann ich nun überhaupt nicht verstehen. Du sitzt doch jetzt vor mir und sprichst mit mir. Wie kann es da nur mich geben?"

„Es gibt mich nur, weil ich in deiner Vorstellung existiere, so wie du in meiner Vorstellung existierst. Unsere Bewusstseinswellen überschneiden sich in diesem Punkt und sind dadurch miteinander verknüpft. Aber wenn du mich nicht in irgendeiner Form brauchen würdest, würde ich für dich nicht existieren."

„Ich verstehe leider immer noch nicht. Ich behaupte jetzt einfach: Wenn du geboren bist und ich geboren bin, gibt es uns nun mal, ob wir uns das vorstellen können oder nicht."

„Hmm... Ich will versuchen, es dir zu erklären. Du weißt sicher, wie ein Holzschnitt angefertigt wird."

Ich nickte. „So einigermaßen."

„Gut. Ganz allgemein kratzt man aus einer Holzplatte das heraus, was nicht gedruckt werden soll. Die erhöhten Stellen werden schwarz eingefärbt und auf weißes Papier gedruckt. So weit, so gut. Irgendwann wollte man aber auch mehrfarbige Holzschnitte erstellen, wie sollte das funktionieren? Man konnte natürlich die bearbeitete Holzplatte mit mehreren Farben bestreichen, das wurde aber sehr kompliziert, weil man dann das Holz vor dem Druck wie ein Gemälde bearbeiten musste, für einen Seriendruck ungeeignet. Also dachte man daran, ein Bild in verschiedene Schichten zu gliedern. Z.B. könnte es eine Schicht geben, die eine Wiese darstellte, eine weitere den Himmel, eine andere die Gebäude, und noch eine die Menschen. Oder man machte eine Platte für alle roten Teile des gesamten Bildes, für alle blauen und so weiter. Also – was ich damit ausdrücken will: Jede Platte ist Teil des kompletten Bildes, keine Platte ist falsch oder überflüssig. Genauso verhält es sich mit den Dimensionen, in denen wir leben. Ich etwa habe in diesem Leben mein Bewusstsein auf alle kirchlichen Aufgaben gerichtet, in einem anderen Leben, das zur selben Zeit stattfindet, bin ich womöglich ein Kaufmann, in einem anderen ein IT-Spezialist, in einem weiteren ein Ganove. Alles das bin ich. Aber jetzt, in diesem Augenblick, bin ich halt nur der Georg Mühlberger und sitze mit dir zusammen, um die das Meditieren beizubringen. Das geht aber nur, weil du dich in diesem Bewusstsein dafür entschieden hast, das Meditieren zu lernen. In einem anderen Bewusstsein bin ich für dich völlig uninteressant und existiere gar nicht."

Was mir der Mesner da erzählte, war für mich so neu und unvorstellbar, dass mir leicht schwindelig wurde. Wenn das alles richtig war, würde das ja bedeuten, dass ich mehr als nur eine Existenz hatte und mehr als nur einen Namen. Ich teilte Georg diese Vermutung mit.

„Du hast völlig recht. Also mach dir keine Sorgen darüber, dass du ohne Namen und Herkunft niemand wärst. Du bist so vieles zur gleichen Zeit. Wer weiß, ob du in einer anderen Existenz ein großer Staatsmann bist oder berühmter Wissenschaftler?"

„Oder ein gesuchter Mörder?"

„Das ist nicht ausgeschlossen. Du bist multidimensional."

„Könnte es denn geschehen, dass ich morgen als ein ganz anderer Mensch erwache?"

„Natürlich. Aber das würdest du gar nicht bemerken, weil du dann glauben würdest, dass du die ganze Zeit immer nur diese Existenz innehattest."

„Jetzt wird es mir klarer. Und alle diese Existenzen leben zur selben Zeit?"

„Ganz genau. Ich weiß, für einen menschlichen Verstand ist das unvorstellbar. Wir glauben, unsere Existenz kann nur entlang einer Zeitachse ablaufen. Das ist eine typisch westliche Denkweise. In den östlichen Weltanschauungen denkt man eher in Zyklen; Anfang und Ende fallen zusammen oder es gibt sie gar nicht, so wie bei einem Kreis. Alles das sind aber nur Hilfskonstruktionen für unser beschränktes Denksystem. Wir können nur innerhalb der Grenzen unserer Wahrnehmung denken. Du hast in der Meditation selbst erfahren, dass es uns nicht einmal in unserer Vorstellung möglich ist, in alle Richtungen gleichzeitig zu denken. Wahrscheinlich ist unser Gehirn noch nicht vollständig entwickelt. Wer weiß, wozu wir in der Lage wären, wenn wir 100 Prozent unseres Gehirns nutzen würden? Aber wir wollen uns jetzt nicht in Hypothesen vertiefen. Du wolltest ja lernen, wie man meditiert, nicht wahr?"

„Ja, sicher. Woher weißt du das alles?"

„Ich habe einmal begonnen, Theologie zu studieren. Dabei kam ich auf Quellen, deren Studium mir lohnender erschien, als nur die offizielle Lehre wiederzukäuen. So ergab eines das andere und irgendwann stellte ich fest, dass die Lehren unseres Herrn Jesus Christus ganz anders zu verstehen sind, als uns weisgemacht wird. Daraufhin habe ich der Theologie den Rücken gekehrt."

„Und trotzdem bist du im kirchlichen Dienst?"

„Weil ich hier Zugang zu Menschen finde, die auf der Suche sind. So wie zu dir. Aber nun sollten wir unsere heutige Meditation beginnen. Zeige, was du gelernt hast! Nimm' deine Haltung ein, schließ die Augen und baue deine zwei Lichtkugeln auf. Ich komme zu dir und führe dich weiter, wenn du soweit bist."

Ich machte, was ich in der vergangenen Woche mehrmals täglich geübt hatte. Als ich mich in meiner zweiten Lichtkugel wiederfand, hörte ich die leise, melodiöse Stimme des Mesners.

„Wieder atmest du ganz bewusst in deinen Bauch hinein. In deinem Zentrum im unteren Tan-Tien-Punkt sammelt sich die Energie, die deinem Atem folgt. Immer mehr Energie fließt dorthin und strömt gleichzeitig wieder aus. Auf diese Weise wird deine Lichtkugel genährt und sie nährt dich. Sie wächst und leuchtet immer intensiver, sie dehnt sich aus, nach allen Seiten gleichzeitig ... Du siehst zu, wie sie sich in diesem Raum ausbreitet, aber die Wände können dein Licht nicht aufhalten, deine Lichtkugel wird immer noch größer. Sie ist nun so groß wie das ganze Haus. Rasend schnell wächst sie weiter und weiter. Sie umschließt nun das ganze Dorf, den ganzen Landkreis. Und in dem Rhythmus deines Atems wächst sie weiter. Jetzt ist sie groß wie ganz Deutschland, so groß wie Europa und schließlich umhüllt deine Lichtkugel den ganzen Erdball. Aber auch hier hält sie nicht inne, sondern wird immer noch größer. Sie ist nun schon so groß wie unser Sonnensystem, so groß wie die ganze Galaxie. Und immer schneller wächst sie und ihre Leuchtkraft nimmt immer weiter zu. Du kannst beobachten, wie sie rasend schnell neue Galaxien erreicht, wie sie jenseits des bekannten Alls neue Welten entdeckt und in sich aufnimmt und schließlich – ist sie dort angekommen, wo es weder Form noch Zeit noch Raum gibt. Deine Lichtkugel umfasst nun alles, was ist, was je war und was je sein wird."

Er machte eine Pause. Unbewusst wischte ich mit der Hand den Schweiß von meiner Stirn. Und schon sprach er weiter.

„Jetzt, wo dein Bewusstsein alles umschließt, gibt es keine Grenzen mehr für dich, nichts, was dir nicht möglich wäre, denn dein Geist ist nicht mehr von der Vorstellung eines Körpers begrenzt. Er kann alles sein, was du willst. Sei dir bewusst, dass das dein wahres Ich ist, auf das du immer zugreifen kannst ... Ziehe nun dein Bewusstsein langsam wieder zurück. Beobachte deine Lichtkugel, wie sie wieder an Umfang abnimmt, wie sie sich zurückzieht in das bekannte Weltall, in unser Sonnensystem, in unsere Erde und schließlich sitzt du wieder in deiner zweiten Lichtkugel, geborgen, geschützt. Genieße den Moment, wo du ganz dir gehörst, wo du nichts tun musst und alles gut ist, so wie es ist ... Dann ziehe deine Energie auch aus der zweiten Lichtkugel zurück, bis sie wieder als kleiner Ball in deinem Bauch ruht. Schließe dich nun ab und komm wieder in diesem Raum an."

Als ich die Augen öffnete, warf ich zuerst einen Blick auf meine Hände und Füße, um mich zu vergewissern, ob ich wirklich wieder Herr über meinen Körper war. Ich fühlte mich erhitzt und mein Atem ing immer noch viel schneller als gewohnt; kein Zweifel, diese Reise war nicht nur in Gedanken erfolgt, jede Zelle hatte sie miterlebt.

„Wie fühlst du dich?", fragte Georg.

„So, als hätte ich eben eine Reise durchs Universum gemacht, ohne Raumanzug und Sauerstoff."

„Dann hast du es richtig gemacht!", freute er sich. „Es ist nicht selbstverständlich, dass du genügend Vertrauen aufbringst und mir durch die ganze Meditation folgst. Das schaffen nur Wenige beim ersten Mal."

„Und es ist tatsächlich so? Ich meine, dass man in diesem Zustand alles tun kann?"

„Wie hat es sich für dich denn angefühlt, als du ganz draußen in einer Millionen Lichtjahre entfernten Galaxie geschwebt bist? Warst du ein kleines Menschlein, das Angst davor hatte, irgendwo anzuecken, oder warst du der Herrscher über das alles?"

Ich dachte kurz nach. Dann sagte ich aus voller Überzeugung: „Ich stand über allem."

„Und ist es das, was du wolltest? Sollte ich dich das lehren?"

„Ja – ich denke schon. Aber – wenn ich dich fragen darf – du kannst mich unglaubliche Dinge lehren, und trotzdem wendest du sie nicht an. Warum?"

„Wie kommst du darauf, ich würde sie nicht anwenden?"

„Ich sehe, dass du nervös bist, wegen des Bischofsbesuches. Könntest du nicht auf diesem Wege alles so ordnen, wie du dir es vorstellst?"

„Ein kluger Mensch hat einmal gesagt: Glaube an Allah, aber binde dein Kamel an! Natürlich meditiere ich für einen optimal Verlauf dieses Besuches. Dafür, dass es für alle Beteiligten ein schönes Ereignis wird, dass alles in Ruhe und Frieden abläuft. Aber dennoch muss ich mit Menschen zusammenarbeiten, die einen Plan von mir wollen. Ich kann ihnen nicht sagen: Ich weiß, dass alles in jeder Hinsicht wunderbar wird. Der Glaube der Menschen ist nicht besonders stark."

„Ich glaube, ich verstehe, was du meinst. *Hättet ihr einen Glauben von der Größe eines Senfkorns…*"

„Ja, dann wäre vieles leichter, auch für die, die glauben. Aber – wie ich eben sagte – ich muss jetzt wieder mein Kamel anbinden. Es gibt noch viel zu tun. Übe weiterhin fleißig, und du wirst alles bekommen, was du dir wünschst."

Er stand auf und drückte mir beide Hände.

Ich ging in die kühle Abendluft hinaus und schaute zum Himmel hoch. *Kann es möglich sein, dass ich eben dort oben war?* Irgendwie kamen mir die Sterne vertrauter vor als in der Nacht zuvor. *Wenn ich alles das mit meinem*

Bewusstsein erobern kann, dachte ich, *dann müsste es doch auch möglich sein, etwas über mich herauszufinden.*

Ich übte fleißig. Jede freie Minute nützte ich dazu, meine Übungen zu machen, den Aufbau der Lichtkugeln bis hin zu der großen, dritten, alles umfassenden Kugel, von der ich mir Antworten erwartete. Ich meditierte in meinem Zimmer, aber auch im Wald, oder wo immer ich die nötige Stille vorfand. Dabei verlor ich aber den ursprünglichen Zweck nicht aus den Augen; ich musste tun, was mir in einer Vision zur Aufgabe gemacht wurde. Auch viele Tage danach sah ich das Bild klar vor Augen, das mir damals erschienen war: Der Bauer Hans stand vor mir. Er war traurig und ich sah sein Herz so klar, als wäre sein Körper durchsichtig. Und plötzlich war eine Stimme in meinem Hinterkopf, die ich nicht mit den Ohren hörte; trotzdem war sie sehr deutlich zu verstehen. Sie sagte: *Schau in das Herz des Bauern! Dann wirst du sehen, was es sich mehr wünscht als irgendetwas anderes. Es hat mit der Wiege zu tun, aber es ist nicht das, was er meint zu wollen. Dann meditiere* – ich sah mich in genau der sitzenden Körperhaltung, die mir Georg beigebracht hatte – *und du wirst erfahren, was du zu tun hast.*

Das also war meine Aufgabe. Ich gebe zu, dass ich bereits versucht hatte, über das Herz des Bauern zu meditieren – ohne die entsprechende Ausbildung. Und ich erfuhr nicht das Geringste. Jetzt aber wollte ich es besser machen; so gut, wie ich es konnte.

Wohl wusste ich nichts über das Herz des Bauern, doch sein größtes Sehnen war mir schon damals in meinem Traumbild offenbart worden und ich hatte es nicht vergessen: Er wünschte sich von ganzem Herzen, nicht alleine zu sterben, sondern zu wissen, dass er für irgendeinen Menschen eine Bedeutung hatte. Die Wiege war ein Sinnbild dafür, dass er etwas Neues in die Welt begleiten wollte, es beschützen und dafür verantwortlich sein.

Jetzt, wo ich ansatzweise gelernt hatte, wie Meditation funktionierte und was damit möglich war, genoss ich meine „Ausflüge" ins Reich der Unendlichkeit und Formlosigkeit. Doch wie die Rettung von Hans aussehen sollte, worin genau meine Aufgabe bestand, das blieb mir verborgen. Manchmal schimmerte eine vage Ahnung wie fahles Tagesgrauen aus den Tiefen meiner Seele herauf, aber ich konnte es nicht mit meinem Bewusstsein erfassen. Dann und wann glaubte ich einen unverhüllten Impuls zu erhalten, folgte ihm und stellte fest, dass es doch nur eine Information aus meinem Verstand war, der mir keinen Einblick in höhere Bewusstseinssphären gewähren konnte. Wie konnte es auch anders sein? Die Information über die strahlende Zukunft des Bauern war mir spontan und nicht etwa durch Nachdenken zuteil geworden, daher konnte jede weitere Anweisung auch nur auf diese Weise kommen. Ich wäre mutlos geworden, hätte sich durch meine Übungen nicht sozusagen als Nebeneffekt mein Gedächtnis ein wenig erholt. Ich erinnerte mich mehr und mehr an Geschehnisse, die mit meiner Mutter zu tun hatten. Zum Beispiel wusste ich inzwischen wieder, dass ich mit meiner Mutter in einer Stadt wohnte, das war nicht viel, zugegeben, aber wenigstens ein Anfang. Ich konnte den Eingang des Mehrfamilienhauses beschreiben, kein Aufzug, unsere Wohnung lag im dritten Stock. Ich konnte mich an die hallenden Stimmen im Treppenhaus erinnern, an das

Klappern der Briefkästen, wenn die Post eingeworfen wurde. Leider konnte ich das Gesicht meiner Mutter immer noch nicht in mein Gedächtnis zurückholen. Ich sah sie entweder von hinten oder so sehr in ihre Arbeit vertieft, dass sie den Kopf nach unten neigte und mich nicht beachtete. Sogar an die Oberfläche des Tisches, an dem wir gemeinsam saßen, konnte ich mich erinnern, weißes Resopal mit feinen grauen Pünktchen, sowie an die Form der Stühle, Holz mit runden Längssprossen an der Rückenlehne, doch mein beziehungsweise unser Name wollte mir nicht in den Sinn kommen. Und was ich tun sollte, um Hans zu helfen, wusste ich bislang ebenso wenig. Das machte mir am meisten Sorgen, da ich ihm versprochen hatte, in dieser Woche würde etwas geschehen.

Dann – kurz vor dem großen Ereignis, an dem in St. Georg der Bischof erwartet wurde, hatte ich Lust, meine frühere Unterkunft noch einmal anzusehen, jene winzige Dachkammer, die ich mit einer Maus teilte. Während unten, über das Kirchenschiff verteilt, viele Helfer damit beschäftigt waren, den Altar und den Eingang zur Kirche mit Blumen und Fahnen zu schmücken und dort, wo einst die Kirchenbänke standen, hohe Kerzenständer und Kränze aufzustellen, ging ich die steile Treppe hinauf bis zu der kleinen Tür, die damals – zum Glück für mich – offen stand, so dass ich mitten in der Nacht eine Zuflucht fand. Ich konnte eigentlich nichts Besonderes hinter dieser Tür erwarten, aber dennoch zögerte ich eine Weile, ehe ich die Türklinke nach unten drückte. Auf den ersten Blick hatte sich nichts geändert; am Boden lagen noch ein paar Getreidehalme, es war staubig, nur die Stelle unter dem Fenster war feucht. Draußen sausten die Mauersegler vorbei und führten ihre akrobatischen Flugkunststücke vor. Beinahe glaubte ich, sie wollten mich damit beeindrucken, doch in Wahrheit waren sie auf der Jagd nach Insekten, die an diesem überaus schwülen Tag sehr tief flogen. Der Himmel war stahlblau und wolkenlos, doch im Westen wechselte das Blau bereits in Grau, ein fast untrügliches Zeichen für ein nahendes Unwetter. Nun bemerkte ich in der Ferne einen Zug Menschen, die dem Kiesweg folgten, der hierher führte, ohne Zweifel der Bischof mit seinen Vertrauten, begleitet von vielen christlichen Pilgern, die ihrem Oberhaupt nach St. Georg folgten. Ich dachte an Georg, den Mesner, der sich so sehr über den hohen Besuch freute, und der in diesem Augenblick bestimmt aufgeregt überlegte, ob er auch an alles gedacht hatte. Auch ich musste mich jetzt beeilen, wollte ich die Prozession miterleben, nicht um meinetwillen, sondern aus Verbundenheit mit Georg, dem dieser Tag so viel bedeutete. *Ich finde, dass man einem Freund zuliebe ab und an dessen Liebhabereien teilen sollte.*

Ich tat eben den ersten Schritt auf die Treppe, da hörte ich hinter mir ein hohes Pfeifen. Ich wandte mich um und sah „meine" Maus, die mich, nur auf den Hinterbeinen stehend, unerschrocken ansah. Und gleich darauf kamen weitere kleine Nager aus ihrem Versteck, ganz klar: das war ihre schon halbwüchsige Brut, Mäusekinder, die, unbeeindruckt von meiner Anwesenheit, auf schnellen kleinen Füßen durch den Raum flitzten. Erst nachdem Mutter Maus ein zweites Mal einen schrillen Pieplaut von sich gab, versammelten sie sich hinter ihr und blieben fast bewegungslos stehen. Ich freute mich sehr darüber, dass es der Mäusefamilie gut ging, hatte ich doch auch ein bisschen dazu beigetragen, dass sie genug Futter hatte. Und es rührte mich, dass sie keine Angst vor mir hatten, sondern im Gegenteil meine Gegenwart als Anlass dazu nahmen, ihr Versteck für einen Moment zu verlassen.

Während dieses warme Gefühl von rührender Zuneigung in mir hochstieg, passierte noch einmal etwas Unerwartetes; ich sah ein neues Gedankenbild vor mir. Es zeigte mir eine alte Frau, die sich unter den Pilgern befand, welche in diesem Augenblick zur Kirche wanderten. Es gab keinen Zweifel, dass ich mit dieser Frau sprechen musste.

Eilig sprang ich die Treppe hinunter und ging dem Pilgerzug entgegen. Schon von weitem hörte ich die Litanei des *Ave Maria, voll der Gnade…,* das von einem Vorbeter über ein Megaphon angestimmt wurde. Die Vorhut bildeten Kirchendiener und – wie ich annehme – Personen, die für den Schutz des Bischofs verantwortlich waren, aber noch vor jenen liefen Mädchen in weißen Kleidern mit hübschen, blumenbekränzten Frisuren und streuten Blumenblüten. Trotz der großen Hitze trugen die Personen, die zum engsten Kreis des Bischofs gehörten, überwiegend schwarze Kleidung. Sie schwitzten und beteten tapfer immer weiter, obwohl ihre Stirnen schweißnass waren, wohingegen der Bischof selbst von einem Baldachin beschirmt war, den vier Personen trugen. Sein Parament war prachtvoll, weiß und hellbeige, mit Stickereien aus Gold verziert, seine Mitra mit rotem Zierwerk geschmückt. Im Anschluss daran gingen die Honoratioren von Stadt, Landkreis und der Pfarrei. Dann erst kam das Volk, mehrere Hundert hätte ich geschätzt, mit teils ernsten, teils fröhlichen Mienen, wohl in der Hoffnung, dass ein Stück der Heiligkeit Seiner Hochwürdigsten Exzellenz auf sie übergehen möge.

Ich aber hatte nur Augen für die Frau, deren Bild mir in meiner Vision erschienen war. Ein volles Gesicht mit traurigen Augen und weißem Haar, so hatte ich sie gesehen und nach ihr hielt ich Ausschau. Ich stellte mich an den Wegesrand zu den anderen schaulustigen Besuchern und suchte danach. Viele aus dem Pilgerzug winkten mir freundlich zu, sie dachten wohl, ich hätte ein offizielles Amt inne. Das war durchaus verständlich, weil ich immer noch die dunkle Kleidung trug, die mir Georg überlassen hatte. Es dauerte lange, bis alle Pilger vorübergegangen waren, doch die alte Frau war nicht darunter. Enttäuscht ging ich zurück in die Kirche, vor der sich schon eine Menschentraube gebildet hatte, denn Einlass ins Innere konnte neben den Hauptpersonen nur einem Bruchteil gewährt werden. Damit alle die Messe mithören konnten, waren Lautsprecher aufgestellt worden, die die Messe nach draußen übertrugen.

Inzwischen hatten sich von Westen her eindrucksvolle Wolkentürme gebildet, die sich nun vor die Sonne schoben. Unbemerkt von jenen, die in der Kirche standen, wurde es schlagartig dunkler und kühler. Das alleine war noch kein sicheres Anzeichen für ein kommendes Unwetter und kein Anlass zur Sorge, weitaus beunruhigender war die schwarze Wand, die sich hinter den hellen Wolken aufbaute. Die draußen Gebliebenen warfen sich skeptische Blicke zu und hofften wohl auf den unwahrscheinlichen Glücksfall, das Wetter möge vorüberziehen. Doch als sich das erste Donnergrollen in die Orgelklänge mischte, suchten einige nach Regenschirmen, andere wurden unruhig und diskutierten miteinander, ob es nicht klüger sei, die Zeremonie vorzeitig zu verlassen. Eben begann der Bischof mit den heiligen Handlungen der Eucharistie, da fuhr eine heftige Windbö durch die Pilgerschar und schon flogen Schirme und Hüte durch die Luft. Keine Minute später prasselte ein heftiger Regenguss auf uns hernieder und die Menge stieb auseinander; die meisten suchten wie ich Schutz unter den Vordächern des Bauernhofes und der Kirche, und im Nu waren diese Plätze überfüllt. Als ich drüben am Hof ankam, war ich bereits tropfnass. Dabei war der Regen nicht das, worüber man sich sorgen hätte müssen. Das Gewitter kam immer näher und damit auch die Blitzeinschläge. Furchtsam schauten die Leute in den fast schwarzen Himmel. Immer wenn ein neuerlicher Blitz die Augen blendete, zuckten sie vor Schreck zusammen. Wie zum Trotz ging die Messe seinen gewohnten Lauf bis zum abschließenden *Gehet hin in Frieden!* Der Bischof musste sich keine Gedanken um sein Wohlergehen machen. Als das Kirchenportal geöffnet wurde, stand schon ein weißer Geländewagen bereit. Zwei Bedienstete eilten mit ihren Schirmen herbei, um Seine Exzellenz so trocken wie möglich zum Fahrzeug zu geleiten. Dann wurden die Türen zugeschlagen und das Auto brauste durch Regen und Sturm davon. Den Service, den ihr Oberhirte genoss, hätten sich auch seine Schäfchen gewünscht, doch die konnten nichts tun, als abzuwarten und zu beten, dass das Unwetter keinen Schaden anrichtete. Ich sah den einen oder anderen sein Handy zücken, um ein Taxi zu rufen, doch die Verständigung gestaltete sich angesichts der krachenden Donnerschläge und des brausenden Sturms schwierig. Dann zeigte sich der vielzitierte Silberstreif am Horizont. Tatsächlich riss die Wolkendecke auf und die Sonne leuchtete kurz auf. Diesem glücklichen Umstand war es zu verdanken, dass eine größere Katastrophe ausblieb. Denn als das

Schlimmste vorüber schien, raubte mir ein ohrenbetäubender Knall für einen kurzen Moment die Sinne. Als ich wieder bei mir war, stand das Dach der Kirche in Flammen. Ungläubig schauten die Besucher dorthin, wo sie vor einer Minute noch betend standen. Der Blitz hatte in das Kreuz, das das Kirchenportal krönte, eingeschlagen und den gesamten Eingangsbereich wie eine riesige Feuerlanze durchbohrt und in Brand gesetzt. Wären die Menschen in der Hoffnung darauf, das Unwetter würde nachlassen, nicht schon in Richtung Stadt gegangen, wären sie ein Opfer des Einschlags geworden.

Während ich noch wie gebannt auf die Feuerzungen starrte, die in gefräßiger Gier über das ganze Kirchendach herfielen und hoch in den Himmel loderten, sah ich einen einzelnen Mann aus dem rückwärtigen Ausgang der Kirche rennen. Ich erkannte Georg, der wortlos an mir vorüber lief, das Gesicht maskenhaft, die Augen starr, im Arm einige liturgische Geräte, den Kelch, die Monstranz, die Pyxis. Bestimmt versuchte er zu retten, was noch irgendwie zu retten war, rief die Feuerwehr, rief die Gläubigen dazu auf, Abstand zur Kirche zu wahren, aber was konnte ein Mensch gegen die Übermacht der Feuersbrunst ausrichten?

Ich fragte mich, ob ich hätte helfen können. Stattdessen blieb ich wie angewurzelt stehen und betrachtete das Schauspiel, als würde ich nicht dazugehören. *Welch ein Glück*, dachte ich nur, *dass niemand verletzt wurde.* Mir wurde bewusst, dass neben mir noch andere Leute standen. Instinktiv schaute ich mich um und traute meinen Augen nicht. Zwei müde graue Augen sahen mich an. Sie gehörten zu einem Gesicht, das mir bekannt war. Die ganze Zeit über, während ich fasziniert dem zerstörerischen Werk der Flammen zusah, war die alte Frau, die ich im Pilgerzug vergeblich gesucht hatte, unmittelbar neben mir gestanden. Ich brauchte nicht nach Worten zu suchen, sie kamen aus mir heraus, ohne dass ich darüber nachdenken musste.

„Was für ein Unglück!", sagte ich. „Warum nur? Ausgerechnet an solch einem Tag."

„Was für ein Glück!", erwiderte sie. Ihre Stimme bebte vor Erregung. „Ein Glück, dass nur die Kirche zerstört wurde. Und um die ist es nicht schade."

„Wie?"

„Alles Scheinheiligkeit. Ich kann sie nicht mehr sehen, diese Pharisäer und ihre Werke!", stieß sie mit bitterer Miene hervor.

„Aber warum sind Sie dann hier?"

„Das frage ich mich selbst. Ja, wirklich! Aber vor ein paar Tagen hatte ich so einen seltsamen Traum. Da sah ich die Kirche vor mir und irgendwie war ich dabei wichtig. Ich habe mir gedacht, vielleicht ergibt sich ja eine Gelegenheit, dem Bischof die Leviten zu lesen. Ich habe ihm mehr als einmal einen Brief geschrieben und keine Antwort bekommen! Doch jetzt ist er weg und ich weiß immer noch nicht, was ich hier eigentlich soll."

Inzwischen war ein ganzer Konvoi an Löschfahrzeugen angekommen. Aus vielen Schläuchen spritzten Hunderte Liter Wasser auf den Brandherd. Die Maßnahmen zeigten

Wirkung; zischend und fauchend zog sich das Feuer nach und nach zurück, wobei sich graue, stinkende Rauchschwaden bildeten und das ganze Gebäude umnebelten. Die wenigen verbliebenen Schaulustigen traten den Heimweg an. Ich war die ganze Zeit über stehengeblieben, weil ich die Alte nicht aus dem Augen verlieren wollte.

„Ob die Kirche jemals wieder aufgebaut wird?", fragte ich beiläufig.

„Na, aber sicher!", erwiderte die Alte. „Jetzt haben sie ein neues Wunder. Der Blitz schlug in die Kirche ein und kein Mensch wurde verletzt. Da heißt es doch gleich wieder: Das kann doch nur das Verdienst des Heiligen Georg sein. Vielleicht finden sie ja wieder einen Dummen, der die ganze Arbeit für ein Butterbrot macht."

Ich sah sie fragend an.

„So wie damals der Hans, ein junger Landwirtssohn, der froh war, den Hof hier pachten zu können. Als Gegenleistung hat ihn die Kirche verpflichtet, das gesamte Treppenhaus und die Empore wieder aufzubauen. Das war nötig, sonst hätten die Dachdecker gar nicht arbeiten können."

Habe ich richtig gehört? Ein junger Landwirtssohn mit Namen Hans? Sprach diese Frau von „meinem" Bauern? Die beiden waren annähernd gleich alt. Es war durchaus möglich, dass sie sich schon als junge Leute kannten.

„Und die Kirche bezahlte ihn schlecht?", fragte ich weiter.

„Das Bistum setzte den Pachtzins geringfügig herab, aber nur für die Zeit, in der er an der Kirche arbeitete. Dabei hätte er das Geld dringend brauchen können. Seine Frau war zu der Zeit schwanger und – "

„ – und dann verlor er Frau und Kind bei der Geburt", entfuhr es mir.

Sie sah mich verblüfft an.

„Woher wissen Sie das?"

„Weil er es mir erzählt hat."

„Wer? Hans?"

Ich nickte. Die Alte schien für einen Moment konsterniert zu sein. Das Gehörte schien sie völlig unerwartet zu treffen. Sie suchte nach Worten, aber stattdessen traten nur Tränen in ihre Augen. Sie stützte sich an der Hauswand ab, und ich fürchtete, sie würde ohnmächtig werden. Daher bot ich ihr meinen Arm an und sagte: „Ich glaube, ich sollte Ihnen etwas Wichtiges erzählen. Kommen Sie doch bitte mit herein. Ich wohne gleich hier."

Nachdem sie ein Glas Wasser getrunken hatte, kehrte wieder Farbe in ihr Gesicht zurück.

„Wissen Sie auch, dass Mutter und Kind nicht sterben hätten müssen?"

„Nein, das wusste ich nicht."

„Mit einem Kaiserschnitt hätten beide gerettet werden können. Ich bin Hebamme, daher erlaube ich mir das Urteil. Aber Hans war nicht krankenversichert und zögerte zu lange. Er hätte um einen Lohnvorschuss bitten können, aber dazu war er zu stolz. Als ich zur Gebärenden hinzuge-rufen wurde, war es schon zu spät."

„Das ist tragisch. Was geschah dann?"

„Für Hans brach eine Welt zusammen. Er war am Boden zerstört. Er machte sich Vorwürfe. Er litt entsetzliche Qua-len. Ich konnte ihn in seinem Elend nicht allein lassen und suchte ihn immer wieder auf, um mit ihm zu reden."

Sie machte eine Geste der Hilflosigkeit. Ich verstand auch ohne Worte, was sie mir sagen wollte.

„Ich konnte nicht anders. Als Hebamme hat man den Eltern gegenüber eine Verantwortung. Ich musste zusehen, wie die Mutter am Blutverlust starb und das Kind erstickte. Es war das einzige Mal in über vierzig Jahren, dass ich solch eine Tragödie miterlebte, Gott sei's gedankt! Denn so et-was geht nicht spurlos an einem vorüber. Ich kümmerte mich also um den jungen Vater. Er tat mir unendlich leid. Ich fürchtete, wenn ich ihn mit seinem Kummer allein ließe, würde er das nicht überleben. So entwickelte sich eine Be-ziehung zwischen uns. Und eines kam zum anderen."

Ich wusste genau, was geschehen war, weil ich mich an das Bild erinnerte, das mir vor einem Monat erschienen war. Damals hatte ich den jungen Hans mit einem hübschen Mädchen zusammen gesehen. Ich wusste damals nicht, wie ich das Bild deuten sollte. Doch das war nicht das ein-zige, was ich mir nicht erklären konnte.

„Die Beziehung blieb nicht folgenlos, nicht wahr?"

Sie nickte. Ihr Körper bebte im Angesicht der lebhaften Erinnerung. Ihre knochigen Hände zitterten.

„Woher wissen Sie das?"

Ich ging nicht auf ihre Frage ein, das hätte sie nur verwirrt.

„Sie wollten nicht, dass er von der Schwangerschaft erfährt?"

„Er hatte doch gerade ein Kind verloren! Wie oft hat er zu mir gesagt: ‚Ich will mein Kind wieder haben! Der Herrgott erfüllt doch alle Wünsche! Warum kann er mir den einen nicht erfüllen?' Verstehen Sie? Er wollte nur dieses eine Kind. Ein anderes Kind hätte er gar nicht annehmen können. Es wäre in seinen Augen ein Verrat gewesen, ein anderes Kind an dessen Stelle anzunehmen."

„Es ist viel Zeit vergangen seitdem. Vielleicht denkt er inzwischen anders darüber."

„Ich musste den Kontakt zu ihm abbrechen. Wenn er von meiner Schwangerschaft erfahren hätte, wäre die Angst vor einer ähnlichen Tragödie wieder in ihm hochgekommen."

„Sie haben das Kind geboren und – es ist gesund?"

Ein Lächeln huschte über das Gesicht der alten Frau.

„Das Mädchen ist inzwischen fast sechzig Jahre alt und inzwischen kurz davor, Großmutter zu werden."

„Das ist ja wunderbar!"

Da packte sie mich am Arm und sah mir in die Augen.

„Geht es Hans gut? Sie scheinen ihn zu kennen. Was wissen Sie über ihn?"

„Ich halte es für ein Wunder. Fragen Sie ihn selbst. Er wohnt gleich nebenan."

Und so ergab es sich, dass der alte Bauer Hans doch noch ein Kind für seine Wiege bekam. Wie sich herausstellte, suchten die Enkelin der alten Hebamme, die übrigens Theresia hieß, und ihr Mann schon lange einen Bauernhof, den sie pachten könnten. Georg setzte sich für die beiden ein und so kam es, dass die Kirche den Hof für einen akzeptablen Pachtzins an die beiden jungen Leute zur Bewirtschaftung übergab. Wahrscheinlich hatte der Hinweis des Mesners auf die unrühmliche Rolle der Kirche in Bezug auf die damalige Familientragödie die Entscheidung maßgeblich beeinflusst. Jedenfalls erlebten Hans und Theresia nun einen dritten Frühling. Sie waren glücklich wie nie zuvor und fühlten sich in ihrer Rolle als Urgroßeltern wohl.

Ein Märchen?

Ich kann nur sagen, dass ich das alles genauso in meiner Vision gesehen hatte. Aber welchen Anteil hatte ich daran? Was war während meiner Meditation geschehen? *Hätte ich meine Wahrnehmung durch die Meditationsübungen nicht gestärkt, wäre ich nicht in der Lage gewesen, Theresias Gesicht zu sehen. Ich hätte sie nicht angesprochen und sie hätte niemals erfahren, dass Hans hier am Hof lebte. Aber hatte ich nicht das Wunder um seine Familie vorausgesehen, ohne jemals zuvor meditiert zu haben?*

Die Familie von Hans und Theresia füllte das Bauernhaus bis unters Dach aus; für mich war kein Platz mehr, und ich spürte, dass sich meine Zeit hier im Hof zu St. Georg dem Ende zuneigte. Zuvor allerdings unterhielt ich mich noch oft und lange mit Georg, dem Mesner.

„Die Wege des Herrn sind unergründlich", sagte er. „Und doch können wir darauf Einfluss nehmen, weil keiner unserer Wünsche ungehört bleibt."

„Warum musste ich meditieren, um das Bild der alten Theresia zu bekommen?", fragte ich. „Schließlich ging es doch ganz zufällig, ohne vorherige Meditation. Es war plötzlich da, als ich am wenigsten damit rechnete. Und alles andere kam ebenso über mich, ohne dass ich mich darauf konzentriert hatte."

Georg nickte.

„Wenn du immer in der Gegenwart leben würdest, bräuchtest du nicht zu meditieren."

„Wie soll ich das verstehen?"

„Meditation erfüllt nur einen einzigen Zweck: Wir lassen alle Gedanken über das Gestern und das Morgen beiseite. Dadurch öffnen wir unsere Ohren für die Stimme Gottes, die ständig zu uns spricht. Wir können sie nicht hören, weil unser Denken darüber, was wir tun hätten sollen und über das, was vielleicht geschehen könnte, seine leise Stimme übertönt."

„Hmm… Als ich das Bild von Theresia erhielt, beobachtete ich gerade die Mäuse, die mit mir in der Dachkammer wohnten."

„Und dabei warst du ganz im Hier und Jetzt! In der Gegenwart Gottes! Du hast dich geöffnet für seine Botschaft. Ich will dir nicht vorenthalten, dass ich es für ein großes Glück halte, dass du dich nicht an deine Vergangenheit erinnern kannst. Ja, deine Amnesie hat deine Hellsichtigkeit erst möglich gemacht. Denn aus diesem Grund brauchst du dich – anders als die meisten – nicht mit Dingen zu beschäftigen, über die du dich definierst."

„Kannst du mir das genauer erklären?"

„Wir bauen uns alle von klein auf eine Persönlichkeit auf, die auf unseren Erfahrungen beruht. Schon im Kindesalter stellen wir fest, dass wir manche Dinge gut machen, andere schlecht. Eine Sache macht uns Freude, eine andere bereitet uns Unbehagen. Daraus ziehen wir den Schluss, dass wir für bestimmte Dinge geeignet, für andere ungeeignet sind. Nach und nach entsteht ein Image, an das wir glauben. Wenn wir uns erst einmal ein Image mühsam erarbeitet haben, verteidigen wir es vehement; es geht schließlich um eine Definition unseres Egos. Aber dadurch schließen wir einen Großteil an Möglichkeiten aus unserem Leben aus. Wir behaupten: Das können wir nicht, das mögen wir nicht!, als wäre das eine felsenfeste Tatsache. Wer, aus welchen Gründen auch immer, kein solches Image besitzt, ist frei für alles, was kommt. Er richtet seine Energie nicht auf die Verteidigung seines Images, sondern auf das Erleben der Gegenwart."

„Ich verstehe. Sollte ich mich jemals wieder an mein Image erinnern, so würde mir das viel Kraft rauben."

„Darum rate ich dir, weiterhin regelmäßig zu meditieren. Dabei lernst du, deine Gedanken zu beherrschen. Sie sollen dir dienen und dich nicht beherrschen."

„Danke, Georg. Ich werde deinen Rat beherzigen."

Mit diesen Worten verabschiedete ich mich von Georg, dem ich unendlich viel zu verdanken habe. Es war Zeit, ein neues Kapitel aufzuschlagen.

Theresia und Hans drückten ihre Freude über ihr unerwartetes Wiedersehen unter anderem dadurch aus, dass sie mich mit einer beachtlichen Reisebörse ausstatteten. Somit hatte ich neben Kleidung und einem Rucksack mit etwas Proviant auch die nötigen Mittel, um mir ein Quartier leisten zu können. Außerdem würde ich Geld brauchen, um die Gebühren für Behördenauskünfte bezahlen zu können. Es war jetzt Zeit für mich, den Status des anonymen Kaspar aufzugeben und meine wahre Identität zu entschleiern. Dass ich dabei riskierte, von meinen Häschern gefasst zu werden, war ein Risiko, das ich bereit war einzugehen.

Mein Plan war, in die etwa zehn Kilometer entfernte Stadt zu wandern und mich dort umzusehen. Ich hoffte, meiner Erinnerung mit visuellen Reizen auf die Sprünge zu helfen. In einer Umgebung, in der ich mich wahrscheinlich jahrelang aufgehalten hatte, mussten doch hervorstechende Ansichten und markante Bilder existieren, die die erloschenen Bereiche meines Gehirns wieder entfachten. Und warum sollte es in der Stadt nicht die eine oder andere Person geben, die mich wiedererkennt? Sollte dieser Plan nicht funktionieren, war ich bereit, zur Polizei zu gehen und mich erkennungsdienstlich durchleuchten zu lassen.

Der Weg, der den Bischof und die Pilger nach St. Georg geführt hatte, nahm seinen Anfang an einer geteerten Nebenstraße. Das Straßenschild wies ihren Namen folgerichtig mit „St.-Georgs-Straße" aus. An derselben Stelle stand auch ein Ortsschild, auf dem zu lesen war: „Kannweiler,

Stadtteil Lamprechting". Ich blieb eine Weile davor stehen und wartete, ob sich ein Gedankenblitz in einer verstaubten Ecke meines Gehirns zeigte und mir mitteilte, dass diese Bezeichnungen schon einmal von mir gelesen worden waren, aber es passierte nichts. Keiner der Ortsnamen löste eine Assoziation in mir aus. Also ging ich weiter und schaute mir die Häuser an, die mir sehr modern erschienen. Die Autos, die in den Einfahrten standen, waren mindestens gehobene Mittelklassewagen; arme Leute wohnten hier mit Sicherheit nicht. Ich brauchte mir also keine Hoffnungen zu machen, in diesem Vorort das Haus wieder zu finden, in dem ich mit meiner Mutter zusammen am Tisch saß und ihr bei Näharbeiten zusah. Gelegentlich sah und hörte ich spielende Kinder in den gepflegten Gärten, im Übrigen war es still auf den Straßen. Erst als ich den gesamten Ort durchquert hatte, traf ich auf eine Hauptstraße mit dem Namen „Kannweilerer Straße", die mich direkt in den Hauptort gebracht hätte. Da ich aber wenig Lust hatte, entlang der stark befahrenen Straße zu marschieren, wählte ich eine abzweigende Kiesstraße, die wohl in dieselbe Richtung führte, aber einen großen Bogen beschrieb und – soweit ich es überblicken konnte – ein Wäldchen auf einem Hügel durchquerte. Die Abzweigung war jedoch 500 Meter entfernt, sodass mir nicht erspart blieb, solange im Kiesbett am Rande der Hauptstraße zu gehen und mir einige böse Blicke der vorbeirasenden Autofahrer nebst wütendem Hupen einzuhandeln. Wie wohltuend war es dann, den Lärm hinter sich zu lassen und gefahrlos einen Fuß vor den anderen zu setzen!

Eine halbe Stunde später hatte ich das Gehölz oberhalb der Stadt erreicht, in dem ich eine Ruhepause einlegen wollte.

Aber ehe ich mich satt aß, dachte ich an die Ermahnung des Mesners, unter allen Umständen meine tägliche Meditation nicht zu vernachlässigen. Ich setzte mich auf einen Baumstumpf, schloss die Augen und legte die Hände vor der Brust zusammen, so wie Georg es mich gelehrt hatte. Wie einfach war es hier in der Stille der Natur, meine Lichtkugeln entstehen zu lassen! Der Duft von Moos, Rinde, Laub, Blüten und Erde regte meine Sinne an, die Vogelstimmen und das Rauschen der Blätter im Wind schienen zu mir allein zu sprechen. Sie bildeten eine zauberhafte Stimmungskulisse, die mich in ein Bewusstsein von Frieden und Zuversicht versetzte, doch sie formten nicht die Worte, die ich hoffte zu hören. Diese mussten aus meiner Mitte kommen. Erst als ich mich tief auf meine wahres Selbst fokussierte, vernahm ich Botschaften von Bedeutung. Ich hörte weder Stimmen, noch sah ich Bilder. Ich fühlte, was ich zu tun hatte, um mein Ziel zu erreichen. Ich würde dieses Gefühl umschreiben mit „Verweile in der Stille, und du wirst bald zu Hause sein!" Diesen Ratschlag erhielt ich von der Himmelsmacht, die ich nicht besser beschreiben könnte als mit „Heiliger Geist". Ich zweifelte keine Sekunde daran, dass es das war, was ich tun musste. Also blieb ich noch im Wald sitzen, auch nachdem ich mich gestärkt hatte. Erst als die Sonne sich dem Horizont näherte, brach ich wieder auf.

Wie ich vermutet hatte, bot sich von der Hügelkuppe aus ein Blick auf die Stadt Kannweiler. Trotz der nahenden Dunkelheit, oder vielleicht gerade deswegen, nahm der Verkehrslärm nicht ab. Geradeso, als würde zugleich mit den vielen künstlichen Lichtern auch die Lebensenergie der Menschen künstlich verstärkt, schien sich die Stadt gegen die drohende Müdigkeit zu wehren und ihre restlichen

Energiereserven anzuzapfen, um ihr geschäftiges Tun um jeden Preis fortzusetzen. Ich scheute davor zurück, mich in diese aufgewühlte Aktivität zu stürzen, und beschloss, mich am Waldrand in meine Decke einzuhüllen und so die Nacht zu verbringen. Hätte ich gewusst, was sich in dieser Nacht alles ereignete, wäre mein Schlaf bestimmt weniger tief gewesen.

Als die Sonne auf meine Augenlider schien, erwachte ich. Ich fühlte mich erfrischt und sog genüsslich den Duft des Waldes ein. Wie es mir zur Gewohnheit geworden war, setzte ich mich zuerst auf und meditierte einige Minuten. Anschließend war auch mein Geist hellwach. Ich sah ein klares Ziel vor Augen. Georg hatte immer wieder betont: *das Wichtigste, was es zu erreichen gilt, ist innerer und äußerer Frieden.* Und solange ich nicht wusste, wer ich war, konnte ich meinen Frieden nicht in der angestrebten absoluten Form erreichen. Daher galt es für den heutigen Tag, Hinweise auf meine Vergangenheit zu erlangen. Nachdem ich den Rest meines Lebensmittelvorrats verspeist hatte, machte ich mich auf den Weg. Aus einem Rinnsal zwischen feuchten Moospolstern schöpfte ich mit meinen Händen Wasser. An einem nahen Tümpel konnte ich mein Spiegelbild betrachten. Ich sah nach meiner Einschätzung recht manierlich aus. Die biedere Kleidung aus Georgs Beständen ließ mich bieder und brav erscheinen. Bestimmt ähnelte ich einem Bankangestellten mehr als einem heimatlosen Vagabunden.

Noch einmal ließ ich den Blick über die Stadt schweifen. Ich erkannte einen alten Stadtkern mit den Resten einer Stadtmauer, zwei gegenüberliegenden Wachttürmen und einer beeindruckenden gotischen Kirche. Nach Norden zu erstreckten sich einige Industrieansiedlungen und der Bahnhof, im Osten lagen die Wohngebiete, zum größten Teil schmucklose Wohnblocks. Dorthin wollte ich meine Schritte lenken. Wenn ich mir eine Umgebung vorstellen konnte, in der ich mit meiner Mutter in recht bescheidenen Verhältnissen gelebt haben könnte, dann war es dort.

Um der Hauptstraße auszuweichen, nahm ich wiederum einen Umweg in Kauf und betrat die Außenbezirke der Stadt von Osten her. Als ich in die Nähe der Wohnblocks kam, verlangsamte ich meine Schritte und inspizierte jedes Detail, das mir irgendwie bekannt vorkommen könnte, mit äußerster Gründlichkeit. Ich las die Namensschilder an den Eingängen der Wohnanlagen, betrachtete die Vorhänge an den Fenstern, die Materialien der Eingangstüren und der Türklinken und die Vorgärten. Natürlich blickte ich auch in die Gesichter der Menschen, die an mir vorübergingen.

„Na du hast ja vielleicht Mut, hier aufzukreuzen!"

Die Stimme kam aus einem der vielen Fenster über mir. Ich blickte hoch, konnte aber niemanden erkennen. Bestimmt war jemand anderes gemeint. Doch der nächste Satz belehrte mich eines Besseren.

„Hast dich ein paar Wochen verdrückt, um Gras über die Sache wachsen zu lassen, he?"

Dann ging es ganz schnell. Ich erinnerte mich an diese derbe, heisere Stimme. Und zugleich sah ich ein Gesicht, drei Stockwerke über mir, und erkannte den dümmsten und widerlichsten Menschen, dem ich jemals begegnet war. Malte Stockhusen, der mit mir die Grundschule besucht hatte, mit dem ich mich geprügelt hatte, der immer zähe Speichelfäden an den Mundwinkeln hatte, dem alle aus dem Weg gingen, weshalb er vielleicht besonders aufdringlich war, den ich auch niemals los wurde, weil er mit seiner Frau, die übrigens zehn Jahre älter war, neben uns einzog, der viel mehr über mich wusste, als mit lieb war, weil er den ganzen lieben Tag am offenen Fenster im dritten Stock stand und die Leute beobachtete...

Warum ausgerechnet er?

Wenn jemand wusste, wer ich war, dann er! Mir schwindelte, weil in einem kurzen Moment alle Informationen, die ich wochenlang vermisst hatte, wie eine Sturzflut in mein Gedächtnis schwappten. Glasklar und ebenso schneidend stand die Wahrheit plötzlich unbeschönigt im Raum. Ich wusste innerhalb weniger Sekunden wieder, dass ich Bernhard Neumann hieß, 27 Jahre alt war und...

„Da vorne kommt gerade eine Polizeistreife vorbei. Würde mich nicht wundern, wenn die nach dir suchen. Ich an deiner Stelle würde mich jetzt verstecken", schnarrte Maltes Stimme. „Komm rein! Ich mach die Tür unten auf."

Ich hörte das Summen des Türöffners und reagierte sofort. Ich war mit zwei Schritten an der Tür und drückte sie auf. Ich schaute mich um und vieles kam mir vertraut vor, auch wenn es nicht der Flur des Wohnblocks war, in dem ich zu Hause war, sondern der benachbarte, aber die vier Blocks in der Siedlung sahen alle fast identisch aus, innen wie außen. Gläserne Türscheiben mit Drahtgittern durchzogen, künstliche Steinfliesen, gesprenkelter Kunststoffputz an den Wänden, weiße Treppengeländer mit schwarzem Handlauf. Ich ging in den dritten Stock, wo Malte bereits die Tür geöffnet hatte. Ich trat in seine Wohnung, es roch nach Rauch und fettem Essen.

Er begrüßte mich in einem Schlafanzug, grinste bis über beide Ohren und streckte mir die Hand entgegen.

„Das ist vielleicht ein Zufall, dass wir uns so wiedersehen, was?"

„Ja, schon. Danke, übrigens. Du hättest mich auch verpfeifen können."

„Ach was! Ich meine, das Schicksal hat euch übel mitgespielt. Versteh ich total, dass du da durchgedreht bist. Hast dir ja sonst nie was zu Schulden kommen lassen."

Er warf einen Blick durch das offene Fenster.

„Die Bullen sind schon ein paar Straßen weiter. Hier vermuten sie dich bestimmt nicht."

Unwillkürlich suchte meine Hand den kleinen Schlüssel, den ich ständig um den Hals trug. Malte musste ihn nicht unbedingt sehen. Für 200.000 Euro konnte man durchaus zum Dieb werden.

„Gestern war hier vielleicht was los", schwatzte Malte weiter. „Angeblich hat dich irgend so ein Typ auf der Landstraße erkannt und es den Bullen geflüstert. Ich glaube, da ist in der Nacht eine ganze Hundertschaft ausgerückt, um dich zu suchen. Weiß der Teufel, wie du es geschafft hast, ihnen auszukommen!"

„Instinkt", sagte ich nur. „Das Dumme ist, ich hab meinen Wohnungsschlüssel verloren. Kann ich heute Nacht hierbleiben? Ich muss nur ein paar Dinge klären, dann bin ich wieder weg."

„Klar doch! Hier kannst du beruhigt pennen. Auf ein paar Tage mehr oder weniger kommt es mir nicht an. Ich bin um etwas Gesellschaft froh, Sandra arbeitet ganztags, seit ich arbeitslos bin. Und deine Wohnung ist sowieso versiegelt, da kommst du auch mit Schlüssel nicht mehr rein. Da drin haben die Bullen schon alles auf den Kopf gestellt. Die haben wohl gehofft, da einen Hinweis auf deinen Fluchtort zu finden."

„Dann tut's mir umso mehr leid, dass ich deine – Gutmütigkeit ausnütze."

Es bereitete mir Mühe, diesem Menschen, den ich verachtete, schön zu tun.

„Quatsch! Ich freu mich doch, dass ich dich wohlbehalten wiedersehe. Eine Krähe hackt der anderen kein Auge aus, was? Fühl dich nur wie zu Hause. Sandra hat bestimmt nichts dagegen. Sie kommt erst am Abend aus der Arbeit. Willst du ein Bier?"

„Ja, warum nicht?"

Ich erinnerte mich wieder, dass es für Malte normal war, schon vor Mittag Bier zu trinken. Er war seit über einem Jahr arbeitslos und schien sich nichts daraus zu machen, dass seine Frau Sandra ganztags arbeitete, während er zu Hause saß und sich nicht einmal um Arbeit bemühte. Sein

Körper passte sich dem Lebenswandel an und setze von Woche zu Woche mehr Speck an.

Wir setzten uns an den Küchentisch. Malte holte zwei Bierflaschen aus dem Kühlschrank und öffnete sie gekonnt mit einem Feuerzeug.

„Prost! Auf deine Rückkehr!"

„Prost!"

„Was hast du denn jetzt vor? Ich meine, du hast ja hier im Grunde niemanden mehr, seit deine Mutter gestorben ist."

Die Nachricht traf mich völlig unvorbereitet. Schlagartig krampfte sich mein Magen zusammen. Einen aufkommenden Würgereiz konnte ich nur mit Mühe unterdrücken. Meine Mutter gestorben? Dann war alles umsonst.

„Was sagst du da? Meine Mutter tot?"

„Das wusstest du nicht? Tut mir leid, Mann, dass du es so erfährst. Sie war ja schon in einem schlechten Zustand, als du abgehauen bist. Kurz darauf ist sie dann gestorben. Friedlich eingeschlafen, was man so hört. Du hättest ihr wahrscheinlich auch nicht mehr helfen können."

„Und ich war nicht bei ihr. Sie hat sich wahrscheinlich Sorgen um mich gemacht…"

Nun konnte ich die Tränen nicht zurückhalten.

„Ach - wer weiß das schon?", sagte Malte. „Ich kann mir vorstellen, sie ist ruhig eingeschlafen und hat von deinem Schlamassel gar nichts mehr mitbekommen."

„Vielleicht ist sie sogar von der Polizei verhört worden."

„Nee. Glaub ich nicht. Was hätte sie schon sagen können? Ist doch seit Wochen nicht mehr aus der Klinik gekommen."

„Sie war seit zwei Jahren auf der Warteliste für ein Spenderherz! Sie wäre die Nächste gewesen, aber wieder hat man ihr einen stinkreichen Privatpatienten, der eben erst eingeliefert wurde, vorgezogen. Mit dem Geld wollte ich ihr einen Platz ganz oben auf der Warteliste erkaufen. Es war mir egal, wenn ich hinterher eingelocht würde. Wenn sie nur die Operation bekommen hätte."

„Das ist echt bitter, Mann. Um welche Summe ging es denn?"

„200.000 Euro."

„Ach... aus der Stadtkasse?"

„Ich – ähm... Das weiß ich selbst nicht mehr so genau. Wo ist sie beerdigt?"

„Im städtischen Friedhof hat man eine Gedenkfeier abgehalten. Ganz würdevoll, ehrlich. Ein Grab gibt es noch nicht. Du weißt ja, für solche Fälle, wo kein Angehöriger greifbar ist, wird der Sarg in die Gruft gestellt."

Der Alkohol verstärkte meine Wut über die Ungerechtigkeit, die meiner Mutter widerfahren war.

„Jetzt ist mir alles egal! Ins Gefängnis gehe ich sicher nicht. Ich hau endgültig ab. Meinen Job bin ich sowieso los."

„Und – wenn du das Geld wieder zurückbringst?"

„Das würde auch nichts ändern. Unterschlagung ist ein gravierender Vertrauensbruch. Mit dieser Vorgeschichte kriege ich nirgendwo mehr einen Job."

Ich hatte Mühe, mich an irgendwelche Pläne zu erinnern. Aber so viel war mir klar: Ich war Hals über Kopf geflüchtet. Der Schlüssel um meinen Hals passte zu einem Schließfach bei der Bahn, in dem sich knapp 200.000 Euro befanden. Dann gab es einen Riss in meiner Erinnerung. Ein Kollege war mit dabei, Peter Diestel aus der Kämmerei. Wir gerieten in einen Streit, jemand schlug mir auf den Kopf, es fiel ein Schuss...

„Sag mal... ich habe damals einen Schlag auf den Kopf bekommen. Seitdem habe ich einen Filmriss. Was ist damals am Bahnhof eigentlich passiert?"

„Ha! Das gibt's doch nicht! Du hast wirklich keinen Schimmer, oder?"

„Wäre nett, wenn du meinem Gedächtnis auf die Sprünge helfen würdest."

„Also ich weiß ja auch nur das, was man in der Zeitung zu lesen bekam. Demnach hat dich der Peter Diestel dabei erwischt, wie du das Geld, das dir zur Ablieferung in der Bank anvertraut worden war, in die eigene Tasche gesteckt hast, und ist dir bis zum Bahnhof gefolgt. Er hat dich zur Rede gestellt, es kam zu einer Auseinandersetzung, dabei ist er gestürzt oder du hast ihm eins übergebraten, jedenfalls hat er sich verletzt. Du bist mit dem Geld abgehauen, er konnte aber nur noch die Polizei informieren. Gefährlich und gewalttätig, hieß es! Bei der Polizei bisher ein unbeschriebenes Blatt, unauffällig, und dann sowas. Die haben eine Woche lang jeden Stein hier umgedreht, um dich zu finden. Mann! Wie hast du das nur geschafft, dass sie dich nicht finden?"

„Lass mal gut sein. Ich brauche jetzt einen Plan für die Zukunft."

Malte kratzte sich am Kopf.

„Ja, klar. Mit einem Job könnte es schwierig werden. Wenn du mich fragst: Ich würde das Geld nehmen und ins Ausland gehen."

„Hmm... Wäre eine Möglichkeit. Dabei weiß ich noch gar nicht, wie ich an das Geld herankomme. Die Polizei lauert bestimmt überall auf mich, wo es nach Geld riecht."

„Das Geld könnte auch jemand anderes holen. Ich zum Beispiel! Oder noch besser: Meine Frau! Das ist noch unverdächtiger."

Inzwischen hatte Malte für uns noch eine zweite Flasche Bier geöffnet. Ich trank, ohne darüber nachzudenken, dass ich Alkohol nicht mehr gewohnt war.

„Das wäre eine Riesensache!", pflichtete ich ihm bei. „Ich lass mich dann bestimmt nicht lumpen. Kriegst tausend Euro ab, wenn sie das hinbekommt."

„Du spinnst wohl! Das könnte ich nicht annehmen. Nein, ganz im Ernst! Wenn wir wo helfen können, Sandra und ich, dann machen wir das gerne. Das gehört für uns zum Leben dazu, verstehst du? Das ist selbstverständlich für uns."

„Das weiß ich auch echt zu schätzen. Am besten, wir warten, bis deine Frau nach Hause kommt, dann reden wir nochmal drüber. Was meinst du?"

„So machen wir's! Ich bespreche ja sonst auch immer alles mit ihr. Weil, gegen ihren Willen kommst du nicht an, wirst es ja sehen. So sind die Frauen nun mal."

Wie lachten beide dämlich, ganz so wie man es von zwei Männern erwartet, die am Vormittag in einer unaufgeräumten Küche einen über den Durst trinken.

„Wir könnten inzwischen Formel Eins schauen. Oder Bundesliga. Ich habe nämlich Sky."

„Ja, könnten wir."

So verbrachten wir den Rest des Tages vor einem übergroßen Flachbildschirm und schauten irgendwelche Sportsendungen, wobei wir abwechselnd immer wieder mal einnickten.

Irgendwann gegen Abend hörte ich, wie jemand schweren Schrittes die Treppe heraufkam, den Schlüssel ins Schloss steckte und die Tür hinter sich zuschlug.

„Ehrlich jetzt? Du hockst tatsächlich schon wieder vor der Glotze? Du hast wohl nen Knall?"

Erschrocken vor der Wucht ihrer Stimme war ich mit einem Mal hellwach.

„Statt dass du mal die Wohnung aufräumst oder was kochst! Wenn du glaubst, dass du hier den feinen Herrn spielen kannst, der sich nur bedienen lässt, bist du falsch gewickelt!"

Malte war beim Erscheinen seiner Frau sofort von der Couch aufgesprungen und ihr entgegengegangen.

„Schatz! Schau mal wer da ist! Na, kennst du ihn noch?"

Frau Stockhusen war eine stattliche Erscheinung. Sie war in etwa so groß wie ich, wog aber geschätzt das Doppelte. Sie hatte rot gefärbte, verstrubbelte Haare und ein ausgeprägtes Doppelkinn.

„Das ist doch der Bernhard Neumann!", rief sie, ohne mich zu begrüßen. „Den suchen sie schon die ganze Zeit. Hast du denn schon die Polizei gerufen, Malte?"

„Aber nein! Liebling, sowas machen wir doch nicht." Er lächelte mich unsicher an. „Wir verpfeifen keine Freunde. Wir helfen ihnen. Komm mal kurz mit."

Er führte sie in die Küche hinüber, wo er etwas mit ihr besprach, was ich nicht hören sollte. Wäre ich nüchtern gewesen, hätte ich begriffen, dass sie etwas im Schilde führten, was nicht zu meinem Vorteil war. Aber in meiner bierseligen Stimmung blieb ich ahnungslos. Es hätte mich auch stutzig machen sollen, dass Sandra anschließend mit aufgesetzter Freundlichkeit auf mich zu kam und mir beide Hände schüttelte.

„Wir haben uns schon die ganze Zeit Sorgen gemacht, wie es dir wohl ergehen würde, nicht wahr, Malte? Da läuft der arme Junge weg und hat niemanden, der ihm etwas zu essen und zu trinken geben würde. Und dabei weiß er gar nicht, dass ihn seine geplagte Mutter für immer verlassen hat. Wie tragisch das Ganze! Lass dich drücken, mein armer Junge!"

Sie quetschte mich tatsächlich mit ihren fleischigen Armen gegen ihren wogenden Busen, dass mir für einen Moment die Luft wegblieb.

„Ruh dich nur aus! Niemand ruft hier die Polizei. Das war doch nur ein kleiner Scherz von mir."

Ich lachte mit, weil es so leicht war, in betrunkenem Zustand zu lachen. Dann kam Sandra ganz nahe an mich heran und flüsterte mir etwas ins Ohr, was ohnehin für niemanden mehr ein Geheimnis war.

„Malte hat mir erzählt, dass du meine Hilfe brauchst, um an das Schließfach zu kommen. Ist doch Ehrensache. Ich übernehm' das! Na? Alles gut? Und jetzt werden wir uns erst mal ne Pizza auftauen und dazu ein Fläschchen Wein entkorken. Zum Trübsal blasen ist das Leben zu schade."

Wir beendeten den Tag in bester Stimmung. Als ich mich schlafen legte, war ich fest davon überzeugt, dass ich Malte bisher völlig falsch eingeschätzt hatte; und seine Frau fand ich super nett.

Am nächsten Morgen kam die große Reue. Ich hatte Kopfschmerzen und einen Geschmack im Mund, der mich an abgestandenes Spülwasser erinnerte. Meine Augen fühlten sich an, als wären sie komplett zugeschwollen und meine Stimme war so kratzig wie die von Malte. Während

Sandra schon wieder zur Arbeit gefahren war, stand ihr Mann am Küchenfenster und rauchte.

„Na? Alles klar, Bro?", fragte er.

„Ich weiß nicht. Fühl mich nicht so gut."

„Nimm dir nen Kaffee! Dann geht's dir gleich besser. Übrigens – Sandra hat sich den Schlüssel genommen, und bringt das Geld dann nach ihrer Schicht her. Ist doch okay für dich, oder?"

Meine Hand ging zu meiner Brust, wie ich es aus Gewohnheit immer gemacht hatte. Aber nun fehlte etwas, was ich unter normalen Umständen niemals hergegeben hätte. Der Schlüssel war tatsächlich weg. Da ich mich nicht mehr an jedes Detail des durchzechten Abends erinnern konnte, wollte ich mir keine Blöße geben, obwohl es mich insgeheim wurmte, dass Sandra den Schlüssel einfach so an sich genommen hatte, während ich schlief.

„Ja... Haben wir ja so besprochen."

„Du kannst dich auf Sandra verlassen. Ist ne ehrliche Haut."

Aber noch etwas, was mir zur lieben Gewohnheit geworden war, vermisste ich an diesem Morgen. Ich hatte mir angewöhnt, jeden Morgen zu meditieren. Das war in dieser Umgebung kaum möglich.

„Ähm – ich geh mal an die frische Luft."

„Ja. Klar! Aber sei vorsichtig! Übrigens! Zum Friedhof würde ich nicht gehen. Ich wette, dass dort schon ein Fahndungsplakat von dir hängt."

„Verdammt! Stimmt! Natürlich erwarten sie mich dort."

„Es ist hier nirgendwo sicher für dich. Es tut mir leid, das zu sagen, aber du wirst wieder abhauen müssen."

„Werd ich wohl."

Ich fand es seltsam, dass Malte nun so darauf versessen war, dass ich wieder wegging, nachdem er mir gestern noch versicherte, in seiner Wohnung würde nicht nach mir gesucht.

„Um eins kommt Sandra zurück, dann bekommst du dein Geld und kannst damit tun und lassen, was du willst."

Er klopfte mir aufmunternd auf die Schulter. Ich hatte dabei kein gutes Gefühl.

Nach einer Tasse Kaffee nahm ich Reißaus. Ich schlug den direkten Weg zu dem Gehölz ein, in dem ich gestern erst eine Ruhepause eingelegt hatte.

Ich fand denselben Platz, von dem aus ich gestern auf die Stadt hinuntergesehen hatte. Damals wusste ich nicht, wer ich war und meine Herkunft war mir völlig unbekannt. Mir fielen die alten Verse ein:

Ich bin und weiß nicht wer.

Ich komme und weiß nicht woher.

Ich gehe und weiß nicht wohin.

Mich wundert's, dass ich so fröhlich bin.

Nie habe ich diese Zeilen zutreffender empfunden. Gestern wusste ich nicht, dass meine Mutter einsam gestorben war. Ich wusste nicht, dass die Polizei nach mir fahndete, ich hatte keine dekadenten Freunde und einen klaren Kopf anstelle von diesem Brummschädel, mit dem das Denken so zäh ging, als wäre das Gehirn mit Klebstoff getränkt. Und das Meditieren? War es überhaupt möglich, mit solch einem Kopf zu meditieren?

Ich setzte mich gerade hin, atmete tief ein und aus, konzentrierte mich auf die Lichtkugel in meinem Bauch… Aber die wirren Gedanken, die aus meinem Kopf kamen, waren lauter als die schöne leise Stimme, die ich gewohnt war zu hören und mir immer und überall inneren Frieden schenkte. Stattdessen erschienen hässliche Bilder wie Lichtblitze vor meinem inneren Auge, meine kranke Mutter, die mich sehnsüchtig anblickte, der Arzt, der mich verständnislos ansah, als ich ihm sagte, dass meine Mutter nicht versichert war, die entsetzten Augen des Kollegen, während wir in irgendeiner Halle oder einem Foyer standen, wir stritten uns, dann ein Schuss – und danach Dunkelheit. Eigenartig, mit dem Schuss endete meine Erinnerung. Ich wusste nicht, wie ich in die Kirche St. Georg gelangt war, als wäre der Film meiner Erinnerung mit dem Schuss gerissen. Ich muss dann durch den Wald gehetzt sein wie ein verwundetes Tier, war vermutlich in der Abenddämmerung gegen Bäume geprallt und an Dornen hängengeblieben; daher mein elender Zustand, als ich in St. Georg ankam.

Müde geworden von der Grübelei gab ich meine fruchtlosen Bemühungen um eine tiefe Meditation auf und beließ es dabei, einfach auf meinem Baumstumpf sitzen zu bleiben und die Gedanken kommen und gehen zu lassen, ohne etwas zu erzwingen. Es heißt, wer sich im Wald aufhält, würde ganz von selbst von allen möglichen Krankheiten genesen. Der höhere Sauerstoffgehalt, der Ausstoß von ätherischen Ölen und die beruhigende Wirkung der Farbe Grün seien dafür verantwortlich. Ich fühlte darüber hinaus eine wohltuende Veränderung meiner Gestimmtheit, die wiederum zu einer Veränderung meiner Gedanken führte. War ich zuvor noch angewidert von der Atmosphäre in Maltes Wohnung, aufgewühlt vom Schicksal meiner Mutter, verärgert über mein eigenes Verhalten, so löste sich nach einer Stunde im Wald alles Negative in Wohlgefallen auf. Wie könnte ich beschreiben, wie sich die Verwandlung vollzog? Ich war wie ein kleines Kind, das etwas Verbotenes getan hat. Es fühlt sich schuldig, meint, es sei ihm für jedermann leserlich auf die Stirn geschrieben, was es verbrochen hat, und glaubt, dass es nun von allen verachtet und aus seinem Zuhause ausgestoßen wird. In seinen Gedanken wird die Untat so groß, dass es überzeugt davon ist, die schlimmste Strafe überhaupt verdient zu haben. Doch dann, wenn es unter der Last seiner Schuld zusammenbricht und alles zugibt, wenn alles Schlechte von seinen Tränen fortgespült wird, erscheint ihm die Welt wie ein Morgen nach einer durchwetterten Nacht. Dankbar nimmt es wahr, dass ihm vergeben wurde. Von nun an geht es achtsam wie nie zuvor seiner Wege und schwelgt im glückseligen Gefühl reiner Unschuld. Es fühlte sich unendlich reich, weit davon entfernt, etwas zu wollen oder zu brauchen.

Wenig später war mein Geist frei für eine aufbauende Meditation. Nun war es leicht, eine Lösung für meine Schwierigkeiten zu finden.

V. Die Entscheidung

Die Glocken der Stadtpfarrkirche von Kannweiler schlugen Ein Uhr. Malte hatte gesagt, seine Frau würde um diese Zeit kommen und die 200.000 Euro aus meinem Schließfach bei der Bahn mitbringen. Ich hatte kein Interesse mehr an dem Geld. Mein Plan war, es anonym zurückzugeben und Kannweiler und meine Vergangenheit hinter mir zu lassen. Vermutlich würden mich die Stockhusens anbetteln, ihnen einen unverschämt hohen Anteil davon zu überlassen, für ihre Dienste und ihre Gastfreundschaft. Ich würde einwilligen, nur um sie los zu werden. Manche Menschen sind eben unfähig, ein Stück Kuchen zu schätzen, wenn sie auch die ganze Torte haben könnten. Inzwischen war mir auch klar, warum sie mich möglichst bald aus dem Hause haben wollten; jede Verbindung zu mir hätte sie selbst verdächtig erscheinen lassen. Ich jedenfalls freute mich darauf, das Geld los zu werden und niemandem etwas schuldig zu sein. Dieser Schritt würde mich der Freiheit, der Mensch zu sein, der ich sein wollte, wieder ein bisschen näherbringen.

Als ich bei Stockhusens läutete, war es bereits halb zwei. Malte empfing mich mit einer Zigarette im Mund. Er war sichtlich nervös.

„Ich weiß gar nicht, wo Sandra so lange bleibt. Ich hoffe nur, dass es beim Öffnen des Schließfachs keine Probleme gegeben hat. Das war doch der richtige Schlüssel, oder?"

„Natürlich. Mach dir keine Sorgen. Sie wird halt aufgehalten worden sein."

„Nein. Das glaube ich nicht. Nicht mit 200.000 Euro in der Tasche. 10, 15 Minuten vielleicht. Aber keine halbe Stunde."

„Kannst du sie anrufen?"

„Hmm... Sie hat ihr Handy für gewöhnlich immer dabei. Ja! Gute Idee!"

Er kramte sein Handy unter einem Wust von Zeitschriften auf dem Küchentisch hervor und drückte die entsprechenden Tasten. Er wartete lange, aber Sandra reagierte offenbar nicht.

„Jetzt wird's mir aber zu bunt!", schimpfte Malte, blies mir den Rauch ins Gesicht und drückte den bis zum Filter abgebrannten Zigarettenstummel im Aschenbecher aus. „Sie weiß doch, dass wir hier auf sie warten. Blöde Kuh!"

„Sie wird sehen, dass du angerufen hast und zurückrufen", versuchte ich ihn zu beruhigen. Ich kannte diese Stimmungsveränderungen bei Malte seit vielen Jahren. Genau auf diese Art und Weise kam es dazu, dass wir uns gestritten und geprügelt haben; bis ich ihm beharrlich aus dem Weg ging.

„Wir sollen wohl hier warten, bis sich die gnädige Frau dazu herablässt, uns zu informieren, was mit unserem Geld passiert ist? Nein! Nicht mit mir!"

Aha!, dachte ich. *Jetzt ist es schon unser Geld.*

„Wir fahren jetzt gemeinsam zur Bahn und erkundigen uns nach dem Schließfach. Du hast doch die Nummer im Kopf oder?"

„Ja. 5489. Aber – "

„Wir fragen, ob der Schlüssel zu dem Schließfach Nummero 5489 zurückgegeben worden ist, verstehst du? Wenn der Schlüssel da ist, hat sie das Geld abgeräumt. Wenn nicht, ist ihr etwas zugestoßen."

„Du denkst doch nicht etwa, dass – "

„Doch! Genau das!", schrie er. „Die ist in der Lage und haut mit dem Geld ab!"

Darauf war ich nun doch nicht vorbereitet. Wenn Malte seiner Frau so wenig vertraute, wieso hatte er ihr dann den Schlüssel gegeben?

„Im Ernst? Das traust du deiner Frau zu? Gestern hast du mir noch versichert, sie sei eine ehrliche Haut."

„Die hat's faustdick hinter den Ohren! Ich weiß, das glaubt man nicht, wenn man sie sieht, aber, Mann, ich könnte dir Sachen erzählen..."

Bitte nicht!, dachte ich. Aber meine Bitte wurde nicht erhört. Während wir schon das Treppenhaus hinunterstürzten, begann er mit der Erzählung.

„Wie die damals vor Gericht ihren Exmann ausgetrickst hat, das war schon ein Kabinettstückchen. Sie hat das Opfer seelischer Grausamkeit dermaßen überzeugend gespielt, dass der Richter die Unterhaltsklage ihres Ex abgeschmettert hat, obwohl sie die ganze Ehe hindurch fremd gegangen ist. Hähä!"

Ich verstand nicht, wie Malte über so etwas lachen konnte, wo es nahe lag, dass er kurz davor war, das jüngste Opfer einer Betrügerin werden. Auch als wir in seinem uralten 5er BMW saßen, endeten die Erzählungen über Sandras „Heldentaten" nicht.

„Und dann, wie sie diese Kanackenfamilie in unserer Nachbarschaft rausgeekelt hat – so was von fies!" Wieder grinste er, als wäre stolz auf die Schandtaten seiner Frau. „Hat sie doch glatt bei der Polizei angegeben, dass die Familie einem Schläfer Unterschlupf gewährt hat und dass ihre Tochter in der Schule Flugblätter vom IS verteilt hat. Ich meine, sie ist ja nicht dumm, sie hat am Computer selbst ein Flugblatt entworfen und es ein paar Mal ausgedruckt und hier und dort ein Exemplar fallen lassen. Ich sag dir: die Polizei war heiß auf die Kanacken wie Müllers Lumpi auf eine läufige Hündin. Bis es ihnen zu bunt wurde und sie weit, ganz weit weggezogen sind. Hehe! Jaja – die Sandra."

Ich war froh, als die Autofahrt vorüber war und wir am Bahnhof ausstiegen.

„Ich denke, es ist besser, du fragst nach dem Schließfach", sagte ich. „Nach mir wird schließlich gefahndet. Ich bleib lieber im Auto sitzen."

„Ja, richtig! Ich bin gleich zurück!"

Es dauerte tatsächlich keine fünf Minuten, bis Malte mit hochrotem Gesicht zurückkam. Ehe er etwas sagte, zündete er sich eine Zigarette an. Nach dem zweiten intensiven Zug begann er heiser zu sprechen: „Der Schlüssel ist da, das Schließfach ist leer." Wieder ein langer, tiefer Zug aus der Zigarette. „Der Herr am Schalter sagte mir, die Frau, die den Schlüssel hatte, hat sich anschließend eine Fahrkarte zum Frankfurter Flughafen gekauft. So ein raffiniertes Luder."

Von nun an war Malte äußerst schweigsam. Er redete während der Autofahrt zurück kein einziges Wort. Als wir vor seiner Wohnung anhielten, ließ er den Motor laufen und fragte: „Meine Frau ist ja jetzt weg. Und ich arbeitslos. Darum würde ich sagen, es wäre fair von dir, wenn du mir die Auslagen, die wir hatten, Essen und Trinken und so, erstatten würdest."

Wieder einmal war ich perplex ob dieser Unverschämtheit. Kein Wort davon, dass sich Maltes Frau mit meinem Geld (auch wenn ich es unrechtmäßig erworben hatte, war es dennoch in meinem Besitz) aus dem Staub gemacht hatte, kein Gedanke daran, dass ich selbst ohne Geld und Job war, wenn es darauf ankommt, zählt nur, was im eigenen Geldbeutel bleibt.

„Ich habe noch sieben Euro und zweiundzwanzig Cent, Malte. Die kannst du gerne haben."

Ich zählte ihm die Münzen in die bereitwillig entgegengestreckte Hand.

„Na dann", sagte ich. „Danke für deine Hilfe. Mach's Beste draus."

„Ciao", war alles, was von Malte zurückkam. Als ich ausgestiegen war, legte er den Gang ein und fuhr mit röhrendem Auspuff davon. Das Auto hinterließ den scharfen Geruch von schlecht verbranntem Benzin. Ob er jetzt nach Frankfurt fuhr, seiner Frau hinterher? Wohl kaum. Er wusste, dass er seiner Frau nicht gewachsen war. Ins Sozialamt, möglich. In die nächste Kneipe, wahrscheinlich.

Ich stand an dieser kalten, schmutzigen Wohnstraße und war allein. Ich besaß nichts mehr. Wenige Schritte rechts von mir war der Eingang des Hauses, in dem ich 27 Jahre meines Lebens verbracht hatte. Von hier aus ging ich zur Schule, hier war der Ort, an dem ich vor 12 Jahren mit meiner Mutter stand und nicht fassen konnte, dass mein Vater nie mehr zurückkommen würde; er hatte seine Bankkonten leergeräumt und war mit seiner Sekretärin irgendwohin nach Südfrankreich gezogen. Meine Mutter war zu stolz, um eine Unterhaltsklage einzureichen, daher wurde das Leben für uns schlagartig mühseliger. Obwohl ich nicht behaupten würde, dass es auch schlechter wurde. Ich musste in den Ferien arbeiten, mal in der Landwirtschaft, mal als Bauhelfer, was meiner Persönlichkeitsentwicklung einen enormen Schub gab. Ich ließ mich zum technischen Zeichner ausbilden und bekam eine Anstellung bei den Stadtwerken. Meine Mutter jedoch litt mehr unter dem Treuebruch meines Vaters als sie mir gegenüber zugab. Wahrscheinlich wurde sie deshalb herzkrank.

Nun ja, dachte ich, *es ist, wie es ist. Und die Vergangenheit ist vorüber.* Mit Leichtigkeit widerstand ich der Versuchung, in den dritten Stock hinaufzugehen, um die Erinnerungen ein letztes Mal aufleben zu lassen. Ich wusste, wer ich war. Ein ehemaliger Stadtangestellter, der eine Menge Geld veruntreut hatte, einer von denen, die auf der Fahndungsliste standen, einer, den die Gesellschaft nicht mehr wollte. Dabei spielte es keine Rolle, ob mir das gefiel oder nicht. Viel wichtiger war die Frage, wer ich jetzt sein wollte. Mit dieser Gesellschaft, in der sich Malte, Sandra und Konsorten herumtrieben, wollte ich definitiv nichts mehr zu tun haben. Daher wollte ich auch nicht mehr den Namen tragen, unter dem ich bei diesen Leuten bekannt war. Bernhard Neumann war in diesem Augenblick tot. Bei den Menschen, die ich mochte, war ich unter „Kaspar" bekannt; das würde mein neuer Name sein. Und wenn mich jemand nach meinem Familiennamen fragen sollte, dann würde ich „Friedrich" antworten. Caspar David Friedrich, jener romantische Maler, hatte mir immer schon imponiert. Ja, Kaspar Friedrich gefiel mir.

Ich frohlockte inwendig. So frei wie im Augenblick hatte ich mich wohl zuletzt als kleiner Bub gefühlt. Ich besaß nichts, daher hatte ich auch nichts zu verlieren. Ich hatte einen Schlussstrich unter meine Vergangenheit gezogen, daher stand mir die Zukunft offen. Waren das nicht die besten Voraussetzungen, um ein glückliches Leben zu führen?

Ich schlug ohne Umschweife den Weg zurück nach St. Georg ein. Erstens schien dort niemand nach mir zu suchen und zweitens fühlte ich mich hier mehr zu Hause als sonst irgendwo in der Welt. Leichten Schrittes und frohen Mutes stieg ich auf dem schmalen Pfad bergan, der mich zu dem bewaldeten Hügel oberhalb der Stadt führte, und tauchte in die erfrischende, kühle Geborgenheit des Waldes ein. Ich versäumte auch nicht, ein weiteres Mal zu meditieren, nur, um mir einfach meine Kraft bewusst zu machen. Denn nun waren alle jene Emotionen weggewischt, die mir einen Großteil meiner Kraft geraubt hatten: Unsicherheit, Angst, Zweifel. Tatsächlich glaubte ich bereits während der Meditation einen Weg und Zeitplan lesen zu können, der mich ungesehen weg von der Stadt bringen würde. Denn eines war mir ebenso klar geworden: Malte würde früher oder später zur Polizei gehen, um mich zu verraten. Ich war mir sicher, dass er für hundert Euro Belohnung seine eigene Großmutter verraten hätte.

Ich wählte also nicht einfach den kürzesten Weg nach St. Georg, auch nicht denselben, den ich zwei Tage zuvor in umgekehrter Richtung gegangen war, sondern ließ mich ganz von meiner Intuition leiten. Mal schritt ich zügig voran, mal machte ich im Schutz einer Hecke oder einer Bodenerhebung eine Pause. Ich ging viele verschlungene Umwege, die ich mir selbst nicht erklären konnte, aber mein Gefühl sagte mir: es ist gut so! Die Sonne stand schon tief, als ich St. Georg aus der Ferne sah, ein Turm, der wie ein spitzer Dorn aus der Ebene ragte. Aus dem Wald kommend, erreichte Ich die Ansiedlung von nördlicher Richtung her.

Die Kirche sah von dieser Seite aus fast unbeschädigt aus. Als ich näher kam, fielen mir die rußgeschwärzten Mauern und die zersplitterten Fenster auf. Das Herz zog sich mir zusammen, als ich hinauf schaute zu dem Fenster, hinter dem ich zwei Nächte mit jenen putzigen Mitbewohnern zubrachte, die das Brandunglück schwerlich überlebt hatten. Kein Mensch war zu sehen; es herrschte dieselbe magische Stille wie bei meiner einstigen Ankunft als namenloser

Flüchtling, und genauso wie damals hörte ich nur die Hühner gackern. Ich klopfte an die Tür zu Georgs Wohnung, in der noch Licht brannte.

Georg öffnete.

„Kaspar! Du hier? Mit dir hätte ich am allerwenigsten gerechnet. Komm schnell herein!"

Er machte einen Schritt vor die Tür und sah sich kurz um. Ich wusste, warum. Die Polizei war in alle Richtungen ausgeschwärmt, um nach mir zu suchen.

„Georg! Sei ehrlich! Wenn es hier nicht sicher für mich ist, gehe ich auf der Stelle wieder zurück. Ich will euch nicht in Gefahr bringen."

„Setz dich erstmal!"

Ich nahm an dem Tisch Platz, an dem wir früher öfter zusammensaßen. Ich mochte die Vertrautheit, die mir von überall her entgegenschlug.

„Tatsächlich war heute ein Zivilbeamter hier und hat Fragen gestellt. Überall hat er seine Nase hineingesteckt. Nach einem Bernhard Neumann hat er gefragt. Bist du das?"

„Das war ich. Früher. Jetzt habe ich mit diesem Namen nichts mehr zu tun. Ich möchte, dass du mich Kaspar Friedrich nennst."

Georg nickte. „Kaspar Friedrich... Klingt nach einem schönen Traum. Gut, Kaspar. Erzähl! Wie ist es dir in der Stadt ergangen?"

Ich berichtete ihm von den zwei widerwärtigen Tagen in der Wohnung von Malte Stockhusen, vom Tod meiner Mutter und von meiner gesetzwidrigen Tat, die mich zu einem gesuchten Verbrecher werden ließ. Georg hörte sich alles geduldig an.

„Ich sollte nun eigentlich zum Telefon gehen und die Polizei informieren."

„Ja, das solltest du. Ich werde dich nicht daran hindern. Hauptsache, ich habe meinen inneren Frieden wieder."

Georg seufzte, ging zum Telefon, nahm den Hörer von der Gabel, legte wieder auf.

„Du hattest vor, das Geld wieder zurückzugeben, nicht wahr?"

„Ja, das wollte ich."

„Aber nun kannst du es nicht mehr, weil diese Sandra damit über alle Berge ist."

„So sieht es aus."

„Ein verzwickter Fall! Aus moralischer Sicht kann ich dir nichts vorwerfen. Aus juristischer Sicht zählt nicht, was du tun wolltest, sondern nur, was du getan hast."

„Das verstehe ich."

„Hör zu! Ich fühle mich nicht wohl bei dem Gedanken, dich hier zu verstecken. Aber noch unwohler fühle ich mich, wenn ich mir vorstelle, du wirst für eine Tat verurteilt, die

du bereut hast und die du wiedergutmachen wolltest. Ich...
bin ratlos."

„Vielleicht findest du eine Lösung, wenn du darüber meditierst?"

Georgs Augen blitzten auf.

„Du hast völlig recht! Gib mir eine Viertelstunde! Warte
hier!"

Er ging in ein anderes Zimmer und ließ mich allein. Ich war
genauso unschlüssig wie er. Es wäre ihm gegenüber fair gewesen, mich der Polizei zu stellen. *Aber dann würde ich befragt und müsste erklären, was mit dem Geld passiert ist.
Damit würde ich Malte Stockhusen in arge Bedrängnis bringen und das will ich nicht. Schließlich hat er mich bei sich
aufgenommen, anstatt mich zu verpfeifen. Damit hat er
sich leider vor dem Gesetz schuldig gemacht. Er hat einem
gesuchten Verbrecher Unterschlupf gewährt und seine Frau
zur Mittäterin gemacht. Wenn ich mich nicht stelle und
Gras über die Sache wachsen lasse, passiert gar nichts. Die
Stadtverwaltung wird von der Versicherung entschädigt.
Malte und ich haben unsere Strafe ohnehin erhalten; er hat
seine Frau verloren, ich meinen Job. Ist das nicht die gerechteste Lösung?*

Georg kam zurück. Seine Miene war nun zufriedener.

„Gut. Mein Gefühl sagt mir, dass es zum Besten für alle ist,
wenn du die nächste Zeit hier untertauchst. Was aber nicht
bedeutet, dass ich mich gegen deine Verhaftung wehren
würde, wenn die Polizei spitzkriegt, wo du bist. Ich kenne

dich als jemanden, der sein Gedächtnis verloren hat, und dabei bleibt es, verstanden?"

Georg hob warnend seinen Zeigefinger.

„Natürlich! Du sollst auf keinen Fall für mich lügen müssen..."

„Bisher wusste ich ja nicht, dass du tatsächlich etwas angestellt hast. Es war gerade noch vertretbar, deine Anwesenheit zu verleugnen. Aber wenn die Polizei noch einmal vorbeikommt und uns befragt, müssten wir lügen auf Teufel komm raus! Entschuldige! Ich wollte sagen: dass sich die Balken biegen."

„Ich weiß, es ist eine schwierige Situation für euch alle. Ich sollte euch da gar nicht mit hineinziehen. Vielleicht wäre es doch klüger, mich doch stellen. Was nun, wenn mich jemand auf dem Weg hierher beobachtet hat, wenn wir beide in diesem Augenblick beobachtet werden!? Dann wandere nicht nur ich ins Gefängnis, sondern auch du. Ich brauche dich nicht daran zu erinnern, was die Kirche zu einem Angestellten und zu einem Pächter sagen würde, die ein Verbrechen begangen haben. Nein, das ist es nicht wert."

„Ach Unsinn! An so etwas wollen wir jetzt nicht denken. Freilich kann noch einmal ein Beamter incognito hier auftauchen. Die Spur ist noch heiß, wie es im Polizeijargon heißt. Aber wir werden immer dieselben Antwort geben: Wir wissen nichts von einem gesuchten Verbrecher, hier war nur ein junger Mann in Not. Die Polizei hat auch Hans und seine Familie nach einem Bernhard Neumann gefragt, und sie haben wahrheitsgemäß geantwortet: Den kennen wir nicht! Niemand kann ihnen einen Vorwurf machen, dass sie einen Verbrecher nicht erkannt haben. Was mich betrifft, ich kann mich dumm stellen. Was natürlich nicht heißt, dass ich lügen werde, wenn sie jenen jungen Mann sehen wollen. Wenn das geschieht, musst du wohl in den sauren Apfel beißen."

„Du hast völlig recht! Wenn ihr noch einmal befragt werdet, schiebt alles auf mich! Sagt notfalls, ich hätte euch gedroht, das Haus niederzubrennen, wenn ihr mich verratet!"

Georg wiegte den Kopf hin und her. „Wollen wir es mit der Dramatik mal nicht übertreiben. Aber noch ist nicht aller Tage Abend. Wir werden wissen, was zu tun ist, wenn der Fall eintritt."

„Wollen wir hoffen, dass alles gut ausgeht. Und um euch möglichst wenig Scherereien zu bereiten, wollte ich dich um etwas bitten."

„Wenn es in meinen Kräften steht…"

„Ich würde gerne wieder in der Kirche wohnen, sofern das möglich ist."

„In der Kirche?! Ich fürchte, das Feuer hat alles, was nicht aus Stein ist, zerstört. Das Dach ist vollständig abgebrannt. Innen sieht es nicht viel besser aus. Sogar der Altar wurde ein Opfer der Flammen."

„Ich würde mich trotzdem gerne drinnen umsehen. Vielleicht findet sich ja noch ein Ort, der als Bleibe dienen könnte."

„Ja gut. Wenn es dir so wichtig ist… Morgen! Heute ist es schon zu dunkel. Aber warum um alles in der Welt willst du in eine Ruine ziehen? Du könntest bei uns gerne wieder ein Zimmer beziehen. Ein kleineres, unterm Dach. Es ist keine Luxussuite, aber allemal komfortabler als der Verschlag im Kirchturm."

„Erstens, glaube ich, käme niemand auf die Idee, dass in der Kirche jemand wohnt, und zweitens – " Ich zögerte, weil ich mir selbst nicht genau erklären konnte, was mich in die Kirche trieb. „ – zweitens fühle ich mich dorthin gezogen wie von einer unsichtbaren Macht."

Der Mesner lächelte.

„Du hast fleißig meditiert, habe ich recht?"

Ich nickte.

„Dann verstehe ich dich. In der Meditation werden uns Dinge offenbart, die einem oberflächlichen Menschen verschlossen bleiben. Wir werden feinsinniger im wahrsten Sinne des Wortes. Du tust gut daran, diesem drängenden Gefühl nachzugeben. Deine Intuition wird dich leiten und beschützen."

„Es freut mich, dass du mich verstehst. Gleich morgen, wenn es hell wird, schaue ich hinüber und suche meinen Platz."

„Und inzwischen essen wir zusammen zu Abend. Heute Nacht kannst du in meinem Zimmer schlafen. Ich schlafe im Wohnzimmer."

Ich schlief in jener Nacht so ruhig und tief, dass ich erst aufwachte, als Georg bereits zu seiner Dienststelle im Bistum Kannweiler abgereist war. Auf dem Küchentisch fand ich eine Nachricht für mich.

Sei vorsichtig in der Kirche! Nimm Hans mit, er kennt die Kirche so gut wie sonst keiner. Ich komme in zwei Tagen wieder! Gruß Georg

Ich beherzigte seinen Rat und ging hinüber zum Hof. Hans und Theresia waren von Georg bereits von meiner Ankunft in Kenntnis gesetzt worden und luden mich zum Frühstück ein. Ich hatte immer noch einen Bärenhunger und nahm gerne an. Auf diese Weise lernte ich auch Silvia kennen, die Enkelin der beiden Alten, und ihren Mann Max. Silvia war hochschwanger und, wie nicht anders zu erwarten, waren die künftigen Urgroßeltern aufgeregter als die Eltern.

„Ich weiß, wie es ist, Frau und Kind bei einer Geburt zu verlieren", klagte Hans. „Ich würde ja in ein Krankenhaus gehen, aber die jungen Leute wissen wie immer alles besser."

„Wenn du wenigstens mir vertrauen würdest!", schimpfte Theresia. „Ich habe im Laufe meines Lebens einige Tausende Kinder entbunden. Wie kommst du darauf, dass ein Arzt im Krankenhaus mehr wüsste als ich?"

„Ich meine es ja nicht persönlich. Aber deine Augen sind auch nicht mehr so gut wie früher!"

„Bitte streitet euch nicht!", beschwichtigte Silvia. „Ich fühle mich großartig."

„Gestern hast du über Kurzatmigkeit geklagt", entgegnete Hans.

„Das ist wohl normal im neunten Monat", merkte Max an.

„Woher willst du wissen, was normal ist?", fuhr ihn Hans an. „Wieviel Kinder hast du denn schon geboren?"

„Wenn das so weiter geht, fahre ich zu meiner Mutter und bekomme das Kind dort!", protestierte Silvia und setzte einen niedlichen Schmollmund auf. Max gab ihr einen Kuss auf die Wange.

„Wisst ihr was?", fragte ich. „Ihr könnt gerne hinterher weiter diskutieren, aber ich brauche jetzt die Dienste eines erfahrenen Zimmermanns. Hans? Willst du mich in die Kirche begleiten?"

Ich wusste, dass man Hans mit Schmeicheleien gewinnen konnte. Außerdem konnte ich so das Meinige dazu tun, um den Streit zu entschärfen.

In Hans' Augen blitzte etwas auf, das nach Abenteuerlust aussah.

„Ich habe zwar keine Ahnung, was zum Teufel du in der Kirche verloren hast, aber gut – wenn ich dir damit einen Gefallen tue, komme ich mit."

Als sich Hans vom Tisch erhob, straffte sich sein Rücken und mit Stolz im Blick verließ er den Raum.

Als wir vor der Kirche standen, sagte er: „Das kann man doch verstehen, dass ich mir um das Kind Sorgen mache, oder?"

„Natürlich! Aber – offen gesagt – deine Sorgen sind nicht besonders nützlich."

„Wie meinst du das?"

„Es ist für das ungeborene Kind wichtig, dass sich die Mutter keine Sorgen macht. Du weißt doch, wenn du Angst hast, werden Stresshormone ausgeschüttet, die den Puls beschleunigen und die Muskulatur aktivieren. Das sind Reaktionen, die in einer Schwangerschaft mehr schaden als nützen. Darum würde ich die Mutter lieber beruhigen und ihr vermitteln, dass nichts passieren kann."

„Was ihr jungen Leute nicht alles wisst..."

„Ich weiß, du hattest deine Erfahrungen. Aber Silvia und Max müssen ihre eigenen Erfahrungen machen."

Hans brummelte etwas Unverständliches vor sich hin, dann sagte er: „Wir müssen den Nebeneingang nehmen. Am Haupteingang ist es zu gefährlich. Es können immer noch Bruchstücke herunterfallen."

Hans hatte einen großen Schlüssel bei sich, der eine Nebentür im östlichen Querhaus gegenüber der Sakristei aufschloss. Der Raum, den wir nun betraten, war völlig unbeschädigt. Das Kreuzgewölbe hatte offenbar allen herabstürzenden Mauerteilen und Dachbalken standgehalten.

Hans sah sich in der Art eines Fachmannes um, schaute hier hin und dort hin und prüfte die Wände Mittels Klopfen und Tasten.

„Als der Brand wütete, wehte immer noch ein kräftiger Nordostwind, der verhinderte, dass diese Ecke der Kirche nicht Feuer fing. Wenn wir Glück haben, ist auch das Treppenhaus noch heil."

„Das wäre wunderbar!", sagte ich.

„Wonach genau suchen wir eigentlich?"

„Als ich diesen Ort zum ersten Mal betrat, nächtigte ich in einem kleinen Raum etwa auf halber Höhe des Turms. Ich würde gerne wissen, ob dieser Raum noch intakt ist."

Er nickte, ohne weitere Fragen zu stellen.

Wir traten durch eine weitere Tür in den Chorraum, der wenigstens noch teilweise überdacht war. Das Mittelschiff jedoch war kaum wiederzuerkennen. Hier offenbarte sich das ganze katastropale Ausmaß des Brandes. Überall an den Wänden klebte Russ. Der Geruch nach schwelendem Holz war immer noch so durchdringend, dass ich mir ein Tuch vor die Nase hielt. Es war unmöglich, mehr als fünf Schritte zu tun, ohne von herabgestürzten Buchstücken am weiteren Vordringen gehindert zu werden.

„Hier gibt es nichts mehr zu tun", meinte Hans. „Eine Restaurierung würde ein Vermögen verschlingen. Ich fürchte, die Tage von St. Georg als Wallfahrtsstätte sind gezählt. Diese Seite jedoch – " Er wies auf die Ecke, durch die wir hereingekommen waren, „ – ist noch gut beieinander. Ich habe seiner Zeit beim Bau des Treppenhauses Eichenholz verwendet, von dem man weiß, dass es schwer entflammbar ist. Das hat sich bezahlt gemacht. Wenn es jedoch einmal brennt, hält die Glut sehr lange. Daher muss ich täglich mehrmals Kontrollgänge durchführen. Schwelendes Holz könnte schnell wieder entflammen."

Tatsächlich konnten wir die Treppe gefahrlos betreten. Mein Herz jubelte; erst recht, als ich mein altes „Zimmer" völlig unversehrt vorfand! Meine Hoffnung, die Mäuse könnten vielleicht doch überlebt haben, wurde bestärkt.

„Hier will ich ab sofort wohnen!", verkündete ich freudig.

Hans schüttelte den Kopf.

„Und wo willst du deine – dein Geschäft verrichten, wenn ich fragen darf?"

„Dazu gehe ich in den Wald. Wasser hole ich mir von der Quelle am Waldrand. Und für zwei Mahlzeiten am Tag würde ich sehr gerne wieder für dich arbeiten."

„Darüber kann ich nicht bestimmen. Der Max ist jetzt Herr am Hof. Den musst du fragen."

„Das werde ich tun. Meinst du, du könntest ein paar Decken und Stroh entbehren, damit ich ein bisschen weicher liege?"

„Das lässt sich auftreiben. Aber weißt du, Kaspar, ich halte das Ganze für eine Schnapsidee. Du bist ein junger Mann, du musst doch nicht leben wie ein Landstreicher. In deinem Alter hatte ich Pläne! Ich wollte die Welt erobern – "

„Und was ist aus deinen Plänen geworden?"

Der Alte wollte etwas erwidern, aber er zog es vor, zu schweigen. Die Falten auf seiner Stirn wurden noch tiefer.

„Entschuldige! Das war nicht fair von mir. So wollte ich das nicht sagen. Ich meine nur... wie heißt es? Der Mensch denkt, Gott lenkt!, nicht wahr?"

„Das wundert mich, dass ausgerechnet du das sagst. Warst nicht du es, der mir eine Frau und eine Familie gegeben hat? Ja! Das warst du! Alle meine Gebete haben mir nicht geholfen. Du warst es, ein Mensch und nicht Gott, der das Wunder bewirkt hat."

„Ich hatte eine Vision, der ich gefolgt bin. Und wer sonst hätte mir diese Vision geschickt, wenn nicht Gott?"

„Du kannst das halten, wie du willst. Ich lebe nach dem Wahlspruch: Hilf dir selbst, dann hilft dir Gott! Wie lange willst du denn dein Einsiedlerleben hier führen?"

„Ich werde es wissen, wenn es Zeit ist, etwas anderes zu machen. Einstweilen danke, Hans! Ich stehe für immer in deiner Schuld!"

„Ach Unsinn! Schuld! Warum sollte sich irgendjemand von uns schuldig fühlen? Wir werden geboren und tun unser Bestes. Für Schuld ist da kein Platz."

„Oho! Das sind ja ganz neue Töne von dir! Kann es sein, dass dir Theresia ordentlich den Kopf gewaschen hat?"

„Naja... wie soll ich sagen?" Er wiegte den Kopf verlegen hin und her. „Sie hat mir etwas aus ihrer Zeit als Hebamme erzählt. Von Müttern, die ihre Kinder nicht wollten und von solchen, die sie kurz nach der Geburt wieder verloren haben. Alle sagen irgendwie dasselbe, hat Theresia gesagt. Hätte ich mich doch nur mit dem Kerl nicht eingelassen! Hätte ich doch nur verhütet! Hätte ich mich doch nur besser geschont! Hätte ich doch auf die Warnzeichen gehört! und so weiter. Theresia meinte dazu, mit diesem *Hätte* würden sie sich selbst ihr ganzes Leben vermiesen. Es gibt aber auch andere, die können die Vergangenheit abhaken und werden trotzdem glücklich. Das ist wohl die bessere Entscheidung."

„Da hat sie recht! Theresia scheint eine kluge Frau zu sein."

„Darauf kannst du wetten! Also – jetzt heraus mit der Sprache: Warum willst du hier in dieser Ruine wohnen?"

„Na gut. Ich suche einen Ort, an dem ich durch nichts abgelenkt werde. Ich habe bei Georg das Meditieren gelernt und das will ich vertiefen. Ich habe vor, täglich mehrere Stunden zu meditieren."

„Und was springt für dich dabei raus?"

„Das weiß ich noch nicht. Ich habe von deiner Theresia geträumt und plötzlich war sie da. Was wäre, wenn ich mehrere solcher Träume hätte? Oder wenn ich einen Blick in die Zukunft erhaschen könnte? Das wäre es doch wert."

„Also gut. Ich muss es ja nicht verstehen. Du hättest auch in bei uns drüben meditieren können. Ich bringe dir dann noch Decken und vielleicht einen alten Nachttopf. Wir haben noch irgendwo so ein altes Ding stehen."

„Danke, Hans!"

VI. Träume

Als ich schließlich ganz allein in diesem winzigen, nackten Raum in einer fast völlig zerstörten Kirche war, begann ich damit, ihn tatsächlich zu meinem Zimmer zu machen. Das fing damit an, dass ich jeden Quadratzentimeter genau beobachtete. Jede Verfärbung im Kalkanstrich, jede Kerbe in der Holzdecke, jede Schramme im Boden, jedes Astloch und jeder Riss im Gemäuer hatte eine Ursache, die ich nicht kannte, aber vielleicht in einer tiefen Meditation erforschen konnte. Der Raum wurde wohl nicht oft, aber doch immer wieder in den vergangenen Jahrhunderten von Menschen betreten, vielleicht auch bewohnt, die alle ihre Spuren hinterlassen haben; nicht nur Spuren infolge von mechanischen Eingriffen, sondern auch Spuren in der Atmosphäre, die nun auf mich einwirkten. Wer weiß schon, wozu dieser Raum früher diente? War er ein Aufenthaltsort für den Mesner oder für den Glöckner? War er ein Refugium für Novizen, die hier ihre Gebetsübungen absolvierten? Oder nur ein Holzlager für Reparaturen im Dachstuhl oder im Glockengebälk? Eine Gerümpelkammer? Wurde hier vielleicht Löschwasser aufbewahrt, um Brände von oben herab löschen zu können?

Alles das waren nur Mutmaßungen und in Wahrheit ging es mir nicht darum, die Geschichte des Raumes zu enthüllen. Ich hatte dem Alten nicht meine wahren Motive verraten. Es war zwar richtig, dass ich hier viel meditieren wollte, aber das hätte ich auch – womöglich sogar besser – im nahen Wald praktizieren können. Der wahre Grund, warum ich diesen kleinen Raum beziehen wollte, war seine unerklärliche Anziehungskraft auf mich. Von Beginn an fühlte ich mich wohl hier. Besonders dann, wenn ich durch das vergitterte Fenster blickte. Dann überwältigte mich ein Gefühl tiefster Geborgenheit und Sicherheit, das ich weder früher in der elterlichen Wohnung in der Stadt noch drüben in der Kammer im Hof jemals auch nur ansatzweise erlebte. Nirgendwo sonst spürte ich mich so erhaben über die Kümmernisse der Welt da draußen. Ich weiß, es klingt paradox angesichts der jüngsten Brandkatastrophe, auch ich hatte keine rationale Erklärung dafür. Ich sagte mir, dass ich nichts zu verlieren hätte. Die Zeit würde mir aufzeigen, ob ich mich wie ein Weiser verhielt oder wie ein Narr.

Ich darf nicht vergessen zu erwähnen, dass sich auch meine Mäusefamilie wohlbehalten wieder eingefunden hatte. Ihr Fiepen und Nagen und ihre Tippelgeräusche störten mich bei meinen Meditationsübungen keineswegs. Wie so oft, wenn ich mit Tieren zusammen war, fiel es mir sehr leicht, ihnen meine ganze Liebe zu schenken. Mit Menschen konnte ich Freundschaften schließen. Ich konnte sie gern haben. Aber nie schaffte ich es, ihnen absolutes Vertrauen entgegenzubringen. Die Vergangenheit hatte mich gelehrt, dass Menschen verschiedene Gesichter haben, die von einem Augenblick auf den nächsten ausgetauscht werden konnten. Bei Tieren ist das anders. Ein Tier jedoch, das dem menschlichen Wesen sehr nahe kommt, ist in meinen Augen die Katze. Sie mag unter meiner streichelnden Hand wohlig schnurren, doch innerhalb einer Sekunde kann sie die Krallen ausfahren und mich verletzen. Aber den meisten Tieren vertraue ich, weil sie ehrlich und unschuldig sind. Sie leben im Augenblick und sind nicht fähig zu Falschheit und Intrige.

Ich gewöhnte mir einen festen Tagesablauf an. Die Hühner sorgten dafür, dass ich beim ersten Strahl der Sonne aufwachte. Zuerst ging ich zur Quelle und wusch mich mit kaltem Wasser. Danach meditierte ich in meinem Zimmer etwa eine Stunde. Inzwischen stellte Theresia am Seiteneingang unten an der Kirche einen Teller mit Speisen für mich ab. Nach dem Frühstück machte ich mich an die Arbeit. Diese bestand darin, die verkohlten Überreste, die überall im Mittelschiff herumlagen, nach draußen zu bringen und verwertbare Teile auszusortieren. Es war eine schwere, schmutzige und nicht ungefährliche Arbeit, aber ich hatte darauf bestanden, sie zu erledigen. In der Regel arbeitete ich bis zur Mittagszeit. Anschließend ging ich wieder zur Quelle, um mich zu reinigen. Dann durfte ich mir noch einmal einen Teller mit Essen holen. Den Nachmittag verbrachte ich damit, mit einfachen Yoga-Übungen meine Beweglichkeit zu trainieren und ausgiebig, das heißt 2-3 Stunden, zu meditieren. Meine Erkenntnisse und die Gedanken, die ich für bedeutsam hielt, hielt ich in einem kleinen Notizbuch fest. Am Abend schrieb ich nieder, wofür ich an diesem Tag dankbar war und was ich mir für den nächsten Tag wünschte. Den Abend verbrachte ich damit, durch mein Fenster den Sonnenuntergang zu betrachten.

In der ersten Woche konnte ich nicht mehr als zwei Stunden arbeiten. Mein Rücken schmerzte entsetzlich, an den Händen hatte ich Blasen und schon gegen Mittag war ich manchmal so erschöpft, dass ich einschlief, ohne mein Mittagessen angerührt zu haben. Doch dann gewöhnte sich mein Körper an die harte Arbeit. Nach zwei Wochen fühlte er sich deutlicher kräftiger an. An den Händen hatten sich Schwielen gebildet und die Rückenmuskulatur war so stark, dass mir das Anheben der schweren Holzbalken keine Mühe mehr bereitete. Außerdem lernte ich, meine Kräfte ökonomischer einzusetzen. Anstatt mir große Lasten aufzubürden, um rasch weiterzukommen, ging ich meine Wege öfter mit kleineren Lasten, das sparte Kraft und war unterm Strich effektiver.

Die Nächte wurden nun deutlich kühler, darum hatte ich vor dem Fenster einen dicken Teppich befestigt, den ich tagsüber nach oben rollte. Obwohl ich nach Sonnenuntergang fast immer schlief, hatte mir Georg trotzdem ein paar Kerzen geschenkt, damit ich zum Schreiben immer genug Licht hatte. Außerdem bekam ich einen kleinen, wackeligen Tisch und einen Stuhl. Ebenso durfte ich ein Besteckset, einen Teller, einen Krug, einen Becher, ein Brotzeitbrett, einen Handspiegel und viele weitere kleine Utensilien mein Eigen nennen, die drüben im Hof entbehrlich waren. Für mein Nachtlager konnte ich mir so viel Stroh nehmen, wie ich brauchte. Im Grunde war ich ein sehr reicher Mensch. Ja, ich fühlte mich tatsächlich so! Wer konnte schon von sich sagen, dass er keine Bedürfnisse hatte und tun und lassen konnte, was er wollte?

Es war auch nicht so, dass ich das Leben eines Einsiedlers führte. Ich traf immer wieder jemanden von den Hofbewohnern, Hans machte seinen täglichen Rundgang durch die Kirchenruine, auch Georg besuchte mich ab und zu. Außerdem wurde ich Zeuge der Geburt von Amelie, der Tochter von Max und Silvia, also jedenfalls beinahe. Ich hörte die Schreie eines Babys und lief sofort hinüber zum Hof. So wurde ich zum ersten Besucher des neugeborenen Mädchens. Die Befürchtungen von Hans stellten sich als nichtig heraus; die Geburt verlief ohne Probleme, das Kind war kerngesund und immer fröhlich. Wenn es seinen Urgroßvater Hans anlachte, schmolz er dahin und bekam regelmäßig wässrige Augen. Natürlich wurde das Baby zu seinen Ehren immer wieder einmal in die Wiege gelegt, die mir einst als Regenwasserbehälter dienen sollte und die Hans mit viel Liebe restauriert hatte. Nun war alles in Erfüllung gegangen, was er sich erträumt hatte.

Meine Meditationen waren wertvoll für mich. Sie erinnerten mich daran, dass ich mehr war als nur ein Körper. Ich verinnerlichte von Tag zu Tag, von Woche zu Woche, immer klarer die Erkenntnis, dass mein wahres Ich unverletzbar und unzerstörbar war. Ich begann zu verstehen, dass Ereignisse nicht einfach so passierten, sondern einen Urheber hatten. Und dieser Urheber war ich!

Nach drei Wochen durfte ich erleben, welche Kraft mein Bewusstsein ausstrahlte. Ich war gerade mit meiner Aufräumarbeit in der Kirche beschäftigt, da rief mir Hans von unten zu: „Kaspar! Du musst sofort verschwinden! Eine Polizeistreife ist hier und sucht alles ab. Am besten, du versteckst dich im Wald... Oder noch besser, irgendwo hier, zwischen den herumliegenden Balken! Nein, wenn sie hier auch alles durchsuchen... Oder ich schließe dich in der Sakristei ein!"

„Hans! Beruhige dich! Sie werden mich nicht finden. Wieso um alles in der Welt sollten sie in einer baufälligen Kirche nach mir suchen? Sie glauben, ich sei jemand, der 200.000

Euro unterschlagen hat. So jemand verhält sich nicht wie ein Obdachloser."

„Aber... sie suchen ja jetzt schon nach dir."

„Vermutlich befragen sie euch nur, um Hinweise auf meinen Aufenthaltsort zu bekommen. Seid ganz ruhig. Ich werde mich hierhersetzen und meditieren. Und ich verspreche dir: sie werden keinen Fuß in die Kirche setzen."

Diese Sätze konnte ich leicht aussprechen, weil ich durch meine täglichen Übungen in der Lage war, mein Energiezentrum im Bauch innerhalb von Sekunden zu aktivieren. In dem Augenblick, in dem ich das Licht in mir spürte, empfand ich die Anwesenheit der Polizisten nicht mehr als bedrohlich. Tatsächlich fühlte ich mich so, als würde ich den Ort von oben aus betrachten und hätte die Macht, die Personen, die dort agierten, so zu lenken, wie ich das wollte. In Gedanken zeichnete ich einen Bannkreis um die Kirche herum, der jeden Unbefugten daran hindern sollte, die Kirche zu betreten. Ich beobachtete, schon ehe es geschah, wie die Beamten aus dem Hof kamen, wie sie sich der Kirche näherten, doch dann unvermutet stehen blieben, sich kurz besprachen und wieder in ihr Auto stiegen und wegfuhren. Das alles tat ich, während ich mit Hans redete. Und genau so, wie ich es gesehen hatte, geschah es.

Ich dachte, dass dies das letzte Mal sein würde, dass sich irgendjemand nach Bernhard Neumann erkundigte. Ich nahm an, der Fall würde nun in Kürze abgeschlossen, Bernhard Neumann wäre nur noch in den Akten existent. Aber in den kommenden Meditationen erfuhr ich auf anschauliche Weise, dass man ungeklärte Ereignisse nicht dadurch abschließen konnte, dass man sie dem Vergessen übergibt. Immer wieder erschienen Bilder vor mir, die mir eine Szene aus dem Polizeirevier offenbarten. Zumeist ging es um neue Zeugenaussagen, die einen Hinweis auf meinen Fluchtort gaben. Ein anderes Mal sah ich mich selbst, wie ich St. Georg in aller Eile verließ und mich in Wäldern und verlassenen Gebäuden versteckte, abgehetzt, nervös, hungrig. Nein, eine zufriedenstellende Lösung musste kommen, so oder so!

Wohl auch wegen dieser Bilder gab es Tage, an denen mir der innere Frieden vollständig abhanden kam. Dann lag ich nachts lange wach und konnte keine Ruhe finden. Vor allem, wenn der Vollmond schien und mein Fenstervorhang nicht dicht genug war, um das helle Leuchten aus meinem Zimmer auszuschließen. Ich begann zu fantasieren, sah Schatten an den Wänden, die mich an Gesichter erinnerten. Meine Erinnerung schien, durch diese Phantasien angeregt, aufwühlende Bilder in mein Bewusstsein zu projizieren, Bilder aus der Zeit, als meine Mutter tagsüber weinend in ihrem Bett lag, weil sie den Verlust meines Vaters nicht ertrug, Bilder aus dem Krankenhaus, als meine Mutter die niederschmetternde Diagnose einer unheilbaren Herzkrankheit erhielt, Bilder von ihrem ausgemergelten, wächsernen Gesicht und ihrem abgemagerten Körper. Zugleich erreichten mich Empfindungen, die ich für überwunden glaubte, Angst davor, das Leben ohne Mutter nicht bewältigen zu können, Beklemmung, weil ich keinen Weg aus diesem tristen Dasein fand. Ich pendelte zwischen Arbeitsplatz und Krankenhaus hin und her, wochenlang, monatelang und klammerte mich an jedes kleinste Anzeichen einer Besserung. Ich schwankte zwischen Traum- und

Wachzustand und verwechselte beide. So dachte ich manchmal, meine neue Existenz, meine Wiedergeburt als Kaspar Friedrich sei ein Traum. Ich stand nachts auf und tappte im Dunkeln mit der Hand gegen die Wand, um den Lichtschalter zu suchen, während ich beinahe in Panik geriet, weil mich die Finsternis gefangen hielt und ich keinen Ausgang fand. Zwischendurch schlief ich wieder ein und träumte, in meinem Bett in unserer Stadtwohnung zu liegen und auf das qualvolle Stöhnen meiner Mutter zu horchen, zu beten, es möge ihr doch endlich besser gehen. Dann träumte mir, meine Mutter käme aus ihrem Bett in mein Zimmer gekrochen und ihre hageren Knochen kratzten und schleiften über den alten, rauen Teppich. Schließlich erwachte ich und stellte fest, dass meine Mäuse aus ihrem Loch gekommen waren, und alles war wieder gut. Ich liebte meine Mäuse, sie waren unschuldig und forderten nichts von mir, keine Zuneigung, kein Mitgefühl, keine Verantwortung, keine Verzweiflung.

Wenn ich dann am nächsten Morgen meine verschwollenen Augen öffnete, der Kopf immer noch schwer vom Ballast der wüsten Träume, hoffte ich, in der Meditation Trost und Frieden zu finden. Aber nicht immer stellte sich wieder Ruhe und Klarheit ein. Die Erinnerung saß wie ein Kobold in meinem Nacken und flüsterte mir böse Dinge ins Ohr. *Du betrügst dich selbst! Du hast kein Recht, glücklich zu sein! Hast du dich schon einmal gefragt, was deine Mutter sagen würde, wenn sie dich hier so sieht in deinem Elend? Hat sie sich dafür zu Tode gearbeitet? Du bist ein Dieb! Irgendwann holen sie dich! Wie kannst du erwarten, jemals Frieden zu bekommen?*

Mehr als einmal war ich dankbar für die schwere Arbeit in der Kirche, die nicht nur meinen Leib, sondern auch meinen Geist ermüdete. Wenn sich jeder Muskel so anfühlte, als wäre er mit einem Hammer malträtiert worden, und der Geist von der Debatte mit dem Körper erschöpft war, der ihn unentwegt zu überreden versuchte, die Arbeit vorzeitig zu beenden, dann legte ich mich für eine Weile in mein Bett und schlief für kurze Zeit tief und fest, ohne verdrießliche Träume oder Erinnerungen.

Irgendwann begann ich mit meinen Mäusen zu reden. Ich konnte einige voneinander unterscheiden. Da gab es die Mama-Maus, das war die, die ich als Erste kennen gelernt hatte. Sie war komplett grau, groß und kräftig. Ich nahm an, dass die anderen allesamt Kinder von ihr waren, jedenfalls sah keine so aus, als könnte sie der Vater der Mäuseschar sein. Auch Mama-Maus deutete mit keiner Verhaltensweise an, dass sie sich zu einem ihrer Mitbewohner im besonderen Maße hingezogen fühlte. Mini-Maus war die kleinste von ihnen und obendrein sehr hübsch mit einem schwarzen Vorderteil und einem weißen Hinterteil. Alfred (Ich habe keine Ahnung, wie ich auf diesen Namen kam, ich wusste ja nicht einmal, wer von den Mäusen ein Junge und wer ein Mädchen war.) war grau mit schwarzen Flecken, auch ein fescher Kerl, der jedoch ein bisschen schüchtern war; von ihm bekam ich nur selten etwas zu hören. Vielleicht war er mir wegen seines zurückhaltenden Wesens neben Mama-Maus der Liebste aus der Schar. Es war für mich ein bewegender Moment, als er eines Tages ganz alleine zu mir kam und einen Krümel Käse aus meiner Hand entgegennahm. Sarah war eine sehr freundliche, gut genährte Maus, die eine fast identische Färbung hatte wie ihre Mutter, jedoch war ihr Grau einen Tick heller. Wenn sie aus dem Loch kam, redete sie fast pausenlos, und ich gebe zu, dass ich manchmal froh war, wenn sie sich wieder in ihren Bau zurückzog. Dann gab es noch drei Exemplare, die sich so ähnlich sahen, dass ich sie vorerst alle „Maus" nannte. Manch einer mag mich für verrückt halten, aber die Gespräche mit den Mäusen taten mir gut. Ja, mehr noch – sie machten mich glücklich, was ich von Gesprächen mit Menschen nur in den seltensten Fällen behaupten kann. Oft trafen wir uns schon früh am Morgen, wenn ich mein Frühstück auftischte...

Mama-Maus: Guten Morgen! Was gibt es denn heute Feines?

Ich: Brot, Butter, Käse, eine Tomate. Wonach ist dir denn heute?

Mama-Maus: Ehrlich gesagt, sollte ich ein wenig fasten. Der Käse gestern war zu fett. Ich frag mal, ob die Rasselbande schon hungrig ist.

Ich: Darauf kannst du wetten!

Sarah: Käse! Käse! Käse! Wo? Wo? Wo?

Ich: Erst einmal: ,Guten Morgen'!

Sarah: Jaja. Wo???

Ich lasse einen Krümel auf den Boden fallen. Sarah riecht kurz daran, dann vertilgt sie das Stück.

Sarah: Mehr! Mehr!

Alfred (noch müde): Was ist denn hier schon wieder los?

Sarah: Käse! Käse!

Alfred: Mag ich nicht. Davon wird man dick.

Sarah: Was soll denn das jetzt heißen? Hältst du mich vielleicht für dick?

Alfred schweigt.

Ich: Kinder! Streitet euch nicht! Es soll doch ein schöner Tag für alle werden. Ich gebe euch jetzt allen eine kleine Portion mit Brot, Butter und Käse, ja? Und lasst euch Zeit mit dem Essen! Nicht so schlingen!

Mini-Maus: Ich kann aber nicht so schnell fressen wie die anderen. Und dann fallen sie alle über meine Portion her.

Ich: Ich weiß. (flüsternd) Du darfst noch einmal zu mir kommen, wenn alle anderen weg sind.

Mini-Maus: Hihi.

Und dann kommen noch die anderen drei Mäuse, die nicht gehört haben, was ich vorhin über die Tischmanieren gesagt habe und stürzen sich auf alles, was sie kriegen können. Ja, wenn sie alle gleichzeitig hier sind, ist wenig Zeit für vernünftige Gespräche. Aber wenn sie einzeln auftreten, sind sie wirklich gute Philosophen...

Ich: Na, Mini-Maus, bist du jetzt satt?

Mini-Maus: Oh ja! Danke! Was würden wir nur ohne dich anfangen?

Ich: Dann würdet ihr euer Futter von jemand anderem bekommen, vermute ich.

Mini-Maus: Sind wir jetzt schlechte Mäuse, weil wir nicht für unser Fressen arbeiten?

Ich: Wie meinst du das? Ich weiß nämlich nicht so recht, wie das ist, wenn Mäuse arbeiten.

Mini-Maus: Naja, unsere Verwandten im Wald müssen sich ihr Fressen suchen. Würmer zum Beispiel, oder Käfer. Aber die liegen nicht einfach so herum und warten, bis sie gefressen werden. Unsere Verwandten müssen sie aufspüren und dann ganz schnell zubeißen, ehe sie sich in die Erde verziehen.

Ich: Ach so! Jetzt verstehe ich. Die müssen ja wirklich Schwerstarbeit verrichten, um etwas in den Magen zu bekommen.

Mini-Maus: Genau! Sie verdienen sich ihr Essen im Schweiße ihres Angesichts, wie man sagt. Aber wir – wir kommen aus dem Loch, weil wir wissen, dass du da bist und immer etwas für uns hast. Das ist bequem, aber was unsere Verwandten wohl über uns denken?

Ich: Lass sie doch denken, was sie wollen! Wenn sie an eurer Stelle wären, würden sie dasselbe tun. Weißt du, bei mir ist es ganz ähnlich. Das Essen, das ich bekomme, bekomme ich von netten Leuten geschenkt, die Wohnung hier kostet mich keinen Cent und dabei arbeite ich nur ein paar Stunden am Tag. Andere Menschen müssen für so viel Annehmlichkeiten viel mehr tun.

Mini-Maus: Und du hast deswegen kein schlechtes Gewissen?

Ich: Aber nein! Ich falle doch niemandem zur Last. Ich bin freundlich zu meinen Gönnern und wenn ich einen Gefallen tun kann, mach ich es gerne. Alle sind zufrieden mit diesem Arrangement.

Mini-Maus: Ich habe mir gerade überlegt, wie praktisch es ist, dass sich in unserer Höhle immer ein kleiner See bildet, wenn es regnet, weil das Wasser dort nicht im Boden versickern kann. Auf diese Weise haben wir immer etwas zu Trinken. Die Natur schenkt uns das Wasser, ist das nicht wunderbar? Sie verlangt wirklich nichts dafür.

Ich: Stimmt! Auch ich trinke immer von der Quelle beim Hühnerstall. Es so ein wohlschmeckendes Wasser, gleichbleibende Qualität, Winter wie Sommer. Ein Wunder!

Mini-Maus: Wenn uns die Natur einfach so beschenkt, dann wären wir ja dumm, wenn wir das nicht annehmen würden.

Ich: Finde ich auch! Das Wasser sprudelt unentwegt, ganz gleich, ob wir es trinken oder nicht. Würde ein Mensch über so eine Quelle verfügen, dann würde er Geld dafür verlangen, obwohl er nichts dazu getan hat, dass die Quelle sprudelt.

Mini-Maus: Das mit dem Geld habe ich noch nicht wirklich verstanden. Die Menschen tun Dinge, die ihnen Mühe bereiten, weil sie dafür Geld bekommen, mit dem sie sich Dinge kaufen können, die es in der Natur umsonst gibt.

Ich: Angeblich wurden die Menschen mit einem Fluch belegt; du hast ihn vorhin übrigens erwähnt.

Mini-Maus: Ich?

Ich: Ja! Wahrscheinlich hast du das hier in der Kirche aufgeschnappt. Der Fluch heißt: Im Schweiße deines Angesichts sollst du dein Brot essen! Seitdem dieser Fluch verhängt worden ist, müssen sich die Menschen plagen, um überleben zu können.

Mini-Maus: Aha! Wer hat denn diesen Fluch ausgesprochen?

Ich: Gott.

Mini-Maus: Glaub ich nicht. Gott will doch, dass wir glücklich sind.

Ich: Ich schätze mal, dass der Gott, den du kennst, und der Gott, von dem hier in der Kirche immer gesprochen wurde, zwei verschiedene Personen sind.

Mini-Maus: (kratzt sich hinter dem Ohr) Muss wohl so sein, anders gibt das keinen Sinn.

Ich betrachtete meine Unterhaltungen mit den Mäusen als Fortführungen der Meditationen. In den Meditationen erhielt ich Gefühle, Geistesblitze, innere Gewissheiten, eine geänderte Beziehung zu mir selbst. Außerdem fand ich mit ihrer Hilfe fast immer Ruhe und Frieden, wenn mir die Welt der Menschen zu laut und zu hektisch wurde. Erst durch die Gespräche mit den Tieren wurden mir Wege aufgezeigt, um diese Erkenntnisse anzuwenden. Wäre mein ausschließliches Ziel gewesen, mich in meinem Exil auf einen

Wiedereintritt in die Menschenwelt vorzubereiten, so hätte ich jetzt den nächsten Schritt tun können. Ich hätte St. Georg in dem Bewusstsein verlassen können, ein gefestigter Charakter zu sein, der sich von den Unwägbarkeiten und von der Verlogenheit der Welt nicht irre machen lässt. Aber eine Stimme in mir sagte mir ganz deutlich, dass ich enttäuscht würde, wenn ich meine Meditationsausbildung frühzeitig abbrechen würde. Ich hatte mein Ziel absichtlich nie definiert, weil ich ahnte, dass es sich erst herausbilden muss. Ich würde wissen, was zu tun ist, sobald meine Reife zur Vollendung gelangt wäre. Solange mich also etwas mit fester Hand davor zurückhielt, den nächsten Schritt zu tun, musste ich weitere Lektionen lernen. Ich sollte bald erfahren, welche das waren.

Max und Silvia waren zurückhaltende, gleichwohl sehr freundliche Leute. Max hatte inzwischen eine Teilzeitanstellung als Lagerist in einem großen Warenhaus erhalten, für die er gut bezahlt wurde. Er hätte sich für seine Familie nun auch eine angemessene Wohnung in der Stadt leisten können. Doch sie sahen auch, dass es viele Vorzüge hatte, in diesem Bauernhof zu leben. Zum einen liebten sie die Tiere, die Katzen, die Hühner, die vielen Vögel, die täglich zu Hunderten kamen, um den Boden nach Körnern und Samen abzusuchen. Zum anderen waren Hans und Theresia, Silvias Großeltern, noch rüstig genug, um auf die kleine Amelie aufzupassen, während Max in der Arbeit war und Silvia Besorgungen in der Stadt machen musste. Sie erledigte die Einkäufe für die beiden und machte ihre Wäsche, dafür kochte Theresia. Die Familienmitglieder halfen zusammen wie ein eingespieltes Team. Die Arbeiten der Landwirtschaft teilten sie so auf, dass jeder immer etwas zu tun hatte; auch ich half mit, wenn Not am Mann war. Die Harmonie zwischen ihnen mitzuerleben, war eine schöne Erfahrung, daher freute es mich immer, wenn sie mich einluden, meistens zum Abendessen. Doch an diesem Abend war es anders. Sie hatten einen zusätzlichen Gast eingeladen, eine junge Frau, die sie mir als Sabrina vorstellten, eine Schulfreundin Silvias.

Die Anwesenheit einer fremden Person verursachte mir größeres Unbehagen, als ich erwartet hatte. Ich hatte es sehr genossen, unter den mir bestens vertrauten Menschen zu sitzen und über Dinge zu reden, die mir selbst am Herzen lagen; über Hans' Bandscheibenprobleme, über die Entwicklung Amelies, über die anstehenden Reparaturen, über die Wetterlage und die bevorstehende Ernte. Mir war nicht klar, dass ein neuer Tischgast auch neue Gesprächsthemen einbringen würde, über die ich nichts wusste und zu denen ich nichts beitragen konnte. Das hatte vornehmlich damit zu tun, dass ich, abgesehen von dem Geschehen am Hof, nichts von der Welt da draußen erfuhr, jedoch auch mit dem traurigen Umstand, dass ich keinerlei Verwandte mehr hatte, die mir Neuigkeiten zutrugen. Mit Georg zu sprechen, war hingegen immer interessant, aber er war selten hier, meistens hatte er Dienst im Bistum. Diese Gespräche waren komplett anders als die Plaudereien am Esstisch. Mit ihm konnte ich philosophieren, meine Meditationserfahrungen besprechen, Glaubensfragen erörtern. Dieses belanglose Reden mit mehreren Leuten zugleich war jedoch eine Kunst, die ich entweder verlernt oder noch nie beherrscht hatte.

Ich beschloss daher an jenem Abend, mich zurückzuhalten, zuerst einmal zuzuhören und zu beobachten. Die Stimmung war in jeder Beziehung anders, als ich es gewohnt war. Max und Hans waren ernster als sonst, Theresia war still wie üblich, aber ihre wachen Augen blickten unentwegt zwischen den Personen am Tisch hin und her. Im Gegensatz dazu fiel mir auf, wie Silvia in Sabrinas Gegenwart aufblühte. Die beiden sprachen viel über die gemeinsame Schulzeit, über andere Schulkameraden, Lehrer und Erlebnisse aus dieser Zeit. Dann setzte Sabrina ihr komödiantisches Talent gekonnt in Szene und erreichte in kurzer Zeit, dass alle am Tisch wieder herzlich lachten, nicht einmal ich konnte mich dagegen wehren. Es tat mir in der Seele gut, denn ich konnte mich nicht erinnern, wann ich zum letzten Mal gelacht hatte, so richtig, nicht nur geräuschvolles Lächeln, sondern mit einem langen Lachanfall, der einem die Tränen ins Gesicht trieb. Ich war fasziniert von Sabrinas Magie und beobachtete sie ganz genau, um ihr Geheimnis zu ergründen. Das blieb ihr nicht verborgen.

„Jetzt haben wir doch tatsächlich auch den Stoiker in unserer Runde zum Lachen gebracht", sagte sie, halb zu Silvia, halb zu mir gewendet. „Ob es daran liegt, dass er heute Wein statt Brunnenwasser trinkt?"

„Quellwasser!", korrigierte ich. „Und Ich nippe immer noch an meinem ersten Glas."

„Dann muss es eine andere Ursache geben. Silvia sagte mir, dass du dich die meiste Zeit über im Turmzimmer einschließt und meditierst. Ich glaube, mir würde das Lachen auch vergehen, wenn ich immer nur mit mir reden müsste."

Natürlich hatte sie mit dieser Bemerkung die Lacher auf ihrer Seite, wenn auch auf meine Kosten. Ich ärgerte mich darüber, dass sie die Meditation als trübsinnige Angelegenheit darstellte.

„Meditation ist weit mehr als ein Selbstgespräch", verteidigte ich mich. „Beten ist mit Gott sprechen, meditieren ist Gott zuhören."

„Oh! So habe ich das noch nicht betrachtet. Bestimmt hast du recht. Ich habe einmal gelesen, dass Gott den ganzen Tag mit uns spricht, wir hören ihm nur sehr selten zu."

„Ja, so ist es!" Ich freute mich darüber, dass sie etwas zum Thema Meditation betrug. „Gottes Worte beruhigen die Seele. Man wird frei davon, immer mehr haben zu wollen. Ich habe lange in der Stadt gelebt, ich hatte einen Beruf, aber glücklich bin ich dabei nicht geworden."

„Aber wie drückt sich dein Glücklichsein aus? Müsstest du dann nicht lachend und tanzend und pfeifend durch die Welt gehen und alle mit deiner Fröhlichkeit anstecken? Warum eigentlich sind Leute, die tiefsinnige Gedanken denken, immer so ernst?"

„Das stimmt nicht? Hast du dem Dalai Lama schon einmal zugehört? Er lacht fast immer, wenn er ein Interview gibt oder wenn er etwas erklärt. Er kichert ständig vor sich hin."

„Ich kenne den Dalai Lama nicht so gut, aber ich habe dich kennengelernt. Und da muss ich sagen: Ich kenne fröhlichere Leute."

„Das darfst du jetzt aber nicht sagen!", kam mir Silvia zu Hilfe. „Kaspar ist ein sehr ausgeglichener Mensch. Ich habe ihn noch nie ärgerlich gesehen."

„Kaspar heißt du also…"

Sabrina sah mich lange und durchdringend mit ihren großen Augen an, dann wandte sich zu Silvia, nahm ihr Glas zur Hand und rief:

„Ein Hoch auf alle fröhlichen Menschen!"

Damit hatte sie elegant jedes Missverständnis bereinigt. Wer wollte nicht auf die fröhlichen Menschen anstoßen? Wer würde in solch einer Runde darauf bestehen, kein fröhlicher Mensch zu sein? Sabrina faszinierte mich immer mehr. Sie schien zu allen Themen etwas beitragen zu können. Da gab es keine Sache, zu der sie nichts Sinnvolles anmerken konnte. Zugleich aber schaffte sie es mit ihrem Humor, allen Dingen ihre Schwere zu nehmen. Sie war wahrhaftig ein Lichtblick in St. Georg. Zudem war sie sehr hübsch. Ihr Mund war etwas zu groß, um als schön zu gelten, doch ihre Lippen waren voll und ihre Zähne blendend weiß. Ihre Augen waren hellwach, als ob sie die ganze Zeit über lachten. Ihr langes, gelocktes Haar war ebenso ungebändigt wie ihr Temperament. Ich wünschte mir, besser mit Worten spielen zu können, ebenso wie sie leichten Sinnes die Worte sprudeln zu lassen, dann hätte ich wohl das Gespräch mit ihr gesucht. Stattdessen beobachtete ich mich dabei, wie ich krampfhaft nach den richtigen Themen und Worten suchte, in Gedanken jedes Wort auf die Waagschale legte, um ja nicht ins Fettnäpfchen zu treten. Dann ging der der Abend zu Ende. Als Erste verabschiedeten sich Hans und Theresia.

„Für uns ist es jetzt schon zu spät" sagte Hans. „Wir brauchen unsere Nachtruhe. Habt noch viel Spaß zusammen!"

Die Gelegenheit war nun günstig, mich neben Sabrina zu setzen, weil der Platz neben ihr frei geworden war. Ich stand auf, ging um den Tisch herum und stand bereit, um den Stuhl neben ihr nach hinten zu ziehen – doch es kamen ganz andere Worte aus meinem Mund.

„Ich schließe mich den beiden an. Ich – "

„Du musst wahrscheinlich noch dringend meditieren."

Was das kurze Augenzwinkern wohl bedeutet?

„Äh – nein, das nicht, aber... Ich bin einfach daran gewöhnt, um diese Zeit schlafen zu gehen."

„So spät ist es nun wirklich noch nicht. Bleib doch noch ein bisschen", bettelte Silvia.

„Sonst haben wir ja auch kaum Gelegenheit zu plaudern", sagte nun auch Max. „Ich wollte dich immer schon mal fragen, wie du das aushältst dort oben, so ganz ohne Strom und ohne fließendes Wasser. Ich könnte das nicht. Wird man da nicht ganz komisch im Kopf?"

Ehe ich über diese fast feindselige Bemerkung nachdenken konnte, lästerte Sabrina munter weiter und antwortete Max auf ihre Weise: „Du brauchst nur Gott zuhören, der sagt dir, wie so etwas geht. Wahrscheinlich würde er dir sagen: Mach es dir so unbequem wie möglich. Meide andere Menschen und arbeite hart. Dann bist du auf dem besten Weg, das Lachen zu verlernen."

Mein Mund klappte ein paar Mal auf und zu, dann fühlte ich, wie ich rot wurde. Eine sinnvolle Antwort fiel mir nicht mehr ein. Während ich ging, stammelte ich noch „Gute Nacht", dann hastete ich hinüber zur Kirche. Mit fiebrigen Händen, als würde ich von einem wilden Tier verfolgt, steckte ich den Schlüssel ins Schloss zum Chorraum, huschte hinein und schloss sofort wieder ab. Jetzt war ich in Sicherheit. Hier konnte mir niemand etwas anhaben. Meine Gedanken flogen... *Über den Chorraum gelangt man in das Mittelschiff und ins Treppenhaus. Dazwischen ist aber noch eine Tür, die ich mit demselben Schlüssel abschließen kann. Es ist nicht davon auszugehen, dass jemand das Risiko eingeht, die Kirche über den Haupteingang zu betreten. Die Torflügel sind zwar intakt, aber es ist nicht ausgeschlossen, dass sich ein Mauerstück aus dem brüchigen Torbogen löst, sobald man einen der Flügel bewegt. Außerdem ist vor der Kirche ein Schild angebracht, auf dem steht: BETRETEN DER KIRCHE STRENGSTENS VERBOTEN! LEBENSGEFAHR!* So bestätigte ich mir, dass ich hier vollkommen sicher war und nicht fürchten musste, dass Menschen wie diese Sabrina in meine Welt eindrangen. Aber erst, als ich die Tür zu meinem „Zimmer" hinter mir schloss und den Riegel vorschob, war ich wieder halbwegs entspannt.

Das an sich bedeutungslose Ereignis mit Sabrina traf mich an einer Stelle, von der ich bisher nicht wusste, wie verwundbar sie war: mein Selbstbewusstsein. Sabrina hatte mich gnadenlos mit meinem Ich konfrontiert. Natürlich war ich ein Sonderling, ein menschenscheuer Einzelgänger, ein verschlossener Eigenbrötler. Aber warum sollte das zum Problem für mich werden? Jeder hatte das Recht, aus seinem Leben das zu machen, was er wollte. Er musste halt mit den Konsequenzen klarkommen. Und das konnte ich offensichtlich nicht. Wären Sabrinas zynische Sätze unwahr gewesen, hätte ich über sie lachen können, und genau das: lachen, konnte ich nicht gut. Doch es gab auch eine andere Stimme in meinem Kopf, die mir sagte, ich sei auf unsensible Menschen wie Sabrina nicht angewiesen. Warum sollte ich mich ihrer verletzenden Kritik aussetzen? Wer läuft schon durch ein Brennnesselfeld, wenn er nicht muss? Etwa nur, um sich zu beweisen, dass er mit allen Widrigkeiten umgehen kann?

In dieser Nacht wälzte ich mich unruhig hin und her. Ich suchte eine Lösung für mein Dilemma, entweder mir eine Schwäche einzugestehen oder mich dafür zu entscheiden, in Zukunft Menschen zu meiden, die mein Leben kritisierten.

Wie zu erwarten, hatte ich am Morgen anstatt einer Lösung für mein Problem nur Kopfschmerzen. Den ganzen Tag über machte ich einen großen Bogen um die Bewohner des Bauernhofes. Ich verließ die Kirche nur für unaufschiebbare Angelegenheiten. Dann, als ich die Tür zum Chorraum vorsichtig öffnete, sah ich Sabrina und Silvia in ein Auto einsteigen, das offensichtlich Sabrina gehörte. Ich nahm an, dass sie nun wieder abreiste und Silvia mit in die Stadt nahm. Ich wartete geduldig, bis das Auto hinter der ersten Biegung verschwand, erst dann trat ich ins Freie. Sogleich fühlte ich mich leichter, als wäre eine Zentnerlast von meinen Schultern genommen worden. Langsam kehrte mein innerer Friede zurück. Ich arbeitete den ganzen Tag über hart, was mir zusätzliche Befriedigung verschaffte. Als Hans seinen Kontrollgang durch die Kirche machte, zeigte ich stolz das Ergebnis meiner nun schon einige Wochen andauernden Arbeit. Das Mittelschiff war vollständig von allem verkohlten Holz befreit. Die brauchbaren Holzreste hatte ich in die Scheune geschleppt, dort wollte ich sie im Winter abhobeln und zurechtsägen, bis brauchbares Bauholz daraus wurde. Die Teile, die zu sehr verkohlt waren, hatte ich am Waldrand gestapelt. Es würde sich dort nach und nach zersetzen und Käfern, Nagern und Würmern als Unterschlupf dienen. Hans zeigte sich beeindruckt.

„Ich hätte nicht geglaubt, dass das ein einzelner Mann schafft. Du hast dir Kost und Logis redlich verdient."

„Ich hoffe. Ich frage mich nur, wo ich als Nächstes anpacke."

„Naja – ich weiß nicht, welche Pläne das Bistum hat. Wenn ich du wäre, würde ich versuchen, den übrigen Schutt und all das Gerümpel hinauszuschaffen und den Boden so weit zu säubern, dass man ihn wieder betreten kann. Aber du musst das nicht tun."

Ich zog mit der Schuhspitze eine Spur durch die zähe, schmierige Sand- und Rußschicht.

„Wird eine unangenehme Arbeit. Aber ich mache das. Vielleicht hilft mir ja der Regen dabei."

Hans schaute sich das Mittelschiff kopfschüttelnd an.

„Am Ende bleibt es doch vergebliche Liebesmühe. Früher oder später werden die Mauern einstürzen. Wenn das Wasser in den Ritzen gefriert und sich ausdehnt, wird es sehr gefährlich, sich hier aufzuhalten. Dann kommt noch viel mehr Mauerwerk herunter. Wahrscheinlich wäre es klüger, die Kirche verfallen zu lassen."

Mit diesem Worten ließ er mich allein.

Was sollte ich tun? Ich hätte gerne Georg gefragt, doch der würde erst in zwei Wochen wieder hier erscheinen. Ich entschied mich dafür, in meiner nächsten Meditation nach der bestmöglichen Vorgehensweise zu fragen.

Ich setzte mich also, wie hunderte Male zuvor, auf einen Platz, der mir als der bestmögliche erschien, und schloss die Augen. Erste Lichtkugel, zweite Lichtkugel, dritte Lichtkugel... alles wie üblich. Dann, als ich mich nicht mehr als Körper, sondern als reines geistiges Sein wahrnahm, stellte ich die Frage nach einer geeigneten Tätigkeit. In Gedanken betrat ich die Kirche... Es war dunkel, ich hatte Mühe, etwas zu erkennen. An der Wand lehnte eine Schaufel, ich nahm sie in die Hand. Plötzlich erschien ein Gesicht vor mir! Ich erschrak so sehr, dass ich die Augen aufriss und die Meditation sofort beendete. Es war Sabrinas Gesicht, das ich gesehen hatte, so nah an meinem, dass ich ihren Atem spürte, und es war auch ihre Stimme, die zu mir gesagt hatte: „Was für ein schöner Ort für ein Rendezvous! Er ist deiner würdig." Dann hatte sie gelacht und sich mit elegantem Schwung umgedreht, sodass ihre Locken mein Gesicht streiften. Schließlich hatte sie mir zugezwinkert und war im Dunkel der Nacht verschwunden.

Ich versuchte, die Meditation zu wiederholen, aber immer, wenn ich eine Frage an das allwissende Universum richtete, wiederholte sich die Vision von vorhin. So sehr ich mich auch bemühte, ich konnte Sabrinas Gesicht nicht ausblenden. Ich versuchte mich abzulenken und stürzte mich blind in die Arbeit. Und da ich niemanden sonst hatte, mit dem ich über dieses Thema reden konnte, suchte ich, so oft es möglich war, das Gespräch mit meinen Mäusen...

„Was meinst du, Alfred? Du redest nicht viel, aber ich glaube, dass du ein kluger Kerl bist, weil du viel nachdenkst. Wie bekomme ich diese Sabrina wieder aus meinem Kopf heraus?"

Alfred tut so, als hätte er mich nicht gehört. Er schnuppert auf dem Boden herum wie ein Hund, der eine Fährte aufgenommen hat. So einfach werde ich von ihm keine Antwort erhalten.

„Also gut. Du willst mir zu verstehen geben, dass mir deine Antwort auch etwas wert sein soll. Das akzeptiere ich. Einen Moment!"

Ich suche meine Hosentaschen nach etwas Essbarem ab und finde ein Stück einer harten Brotkante.

„Hier! Ich weiß, es ist keine Delikatesse, aber mehr habe ich nicht. Würdest du mir dafür einen Tipp geben?"

Endlich bleibt Alfred stehen und schaut zu mir auf.

„Warum willst du Sabrina loswerden?", fragt er.

Mit einer Gegenfrage habe ich nicht gerechnet. Ich überlege lange und gründlich. Ich weiß, dass mir Alfred nicht ins

Wort fallen würde, auch wenn ich fünf Minuten lang nach-
denken würde. Mäuse respektieren es, wenn wir nachden-
ken und wissen, dass man uns in dieser Phase nicht stören
sollte, da wir sonst unüberlegte Dinge sagen. Schließlich
antworte ich: „Sie raubt mir meinen Frieden."

Alfred nickt kaum wahrnehmbar und denkt nun seinerseits
sehr gründlich nach. Dann, viele Minuten später kommt die
weise Antwort.

„Sie kann dir deinen Frieden nur rauben, weil du ihr Macht
über dich einräumst. Du fürchtest das, was sie in dir auslöst.
Sieh es als Geschenk an, nicht als Bedrohung, und du wirst
deinen Frieden wiederfinden."

Ich bedanke mich bei Alfred und gebe ihm ein weiteres
Stück Brotkruste. Er packt es mit seinem Maul und ver-
schwindet im Mäuseloch.

Das Gespräch mit Alfred brachte mir zwar meinen inneren
Frieden nicht zurück, aber es half mir aus der Einbahn-
straße meines Denkens heraus. Es stimmte – Sabrina war
weg, es musste mich nicht interessieren, was sie tat und
sagte. Und trotzdem spukte sie in meinem Kopf herum.
Warum?

In Ermangelung einer sinnvolleren Arbeit machte ich damit
weiter, den Marmorfußboden der Kirche von Dreck, Asche
und Schutt zu befreien. Es war eine unbeschreiblich müh-
selige Tätigkeit, für die ein Mensch wohl mindestens ein
Jahr brauchen würde. Sie begann damit, dass ich an einem
unattraktiven Winkel im Wald eine große Grube aushob, in
der ich den ganzen Müll versenken wollte, und es hatte

stundenlanges Schrubben mit Wasser und Sand zur Folge, um die klebrige Rußschicht vom Boden zu entfernen. Tag für Tag belud ich meine Schubkarre mit Steinbrocken, Glas, Ziegel und schwarzem Schlamm und befüllte die Grube. Als diese voll war, grub ich eine weitere aus und noch eine. Um nicht mit der Schubkarre den engen Weg durch den Chorraum gehen zu müssen, hatte ich mir eine Schneise quer durch das Mittelschiff geschaffen, indem ich über eine Breite von einem Meter Materialien und Schutt zur Seite räumte. Allein für diese Arbeit hatte ich eine ganze Woche gebraucht.

Hans sah mir hin und wieder aus der Ferne zu. Er hatte mir seine Meinung dazu mitgeteilt und war weise genug, mich von meinem närrischen Tun nicht abzuhalten. Ich hatte erwartet, dass Georg mit mir über mein Vorhaben reden würde, doch von ihm kam weder eine Widerrede noch eine Zustimmung. Ich vermutete, dass er mir Hans über meine Sturheit gesprochen hatte. Im Grunde ging es mir gar nicht um die Kirche, sondern nur darum, etwas zu tun, was mir dabei half, meine Gedanken zu disziplinieren. Ich war enttäuscht darüber, dass mir die Meditationen nicht gaben, was ich mir erhofft hatte. Ausgerechnet jetzt, wo ich mich in einer persönlichen Krise verloren hatte, vermochte es die Meditation nicht, mir einen Ausweg zu zeigen. Die schwere, gleichförmige Arbeit hingegen besänftigte meinen aufgescheuchten Geist. Immer dann, wenn ich wieder eine Ladung Müll vergraben hatte und mit der leeren Schubkarre in die Kirche zurückkehrte, wurde mir die Sinnlosigkeit meines Tuns bewusst. Ich schaute zuerst auf den kleinen Fleck, zwanzig Quadratmeter vielleicht, auf dem der   ursprüngliche   rosafarbene   Marmor   wieder aufleuchtete, und anschließend auf die riesige Fläche voller Gerümpel und Schmutz, das vor mir lag, bestimmt an die eintausend Quadratmeter, mit teilweise noch schwereren Bruchstücken, die ich würde erst noch zerschlagen müssen, ehe ich sie in meine Karre lud. In diesen Augenblicken schrie mein letztes bisschen Vernunft auf – „Beende den Irrsinn!" – doch ich hörte nicht auf sie. „Ich tue, was ich beschlossen habe zu tun", sagte ich, „und du hast zu schweigen!" Und langsam, während Woche für Woche verstrich, wurde meine Vernunft müde, mir Vorschriften zu machen. Meine Hände wurden rau und schwielig, meine Rücken immer stärker und ich noch schweigsamer. Die Gewohnheit in mir wurde immer stärker und triumphierte scheinbar über unbequeme Visionen und Leidenschaften.

Meine Besuche bei der Familie von Hans und Theresia wurden immer seltener. Seit jenem Abend, als Sabrina zu Gast war, hatte die heile Welt, in die ich die Hofbewohner in meiner Vorstellung versetzt hatte, einen Schönheitsfehler. Ich wusste, dass mein Verhalten unbegründet und unvernünftig war, trotzdem blieb ich stur. Ich nahm es ihnen übel, dass sie unsere beschauliche Idylle zerstört hatten. Sie hätten wissen müssen, dass eine Frau wie Sabrina nicht hierher passte. Ihre Anwesenheit war einem Sakrileg gleichzusetzen.

Inzwischen war der Spätsommer längst vorüber und auch der Herbst wich den eisigen Vorboten des Winters. Entsprechend ungemütlich wurde es in meinem Zimmer. Der Teppich, den ich tagsüber hochrollte, blieb nun die meiste Zeit über heruntergerollt. Um dennoch nicht ganz im

Dunkeln zu sitzen, öffnete ich die Tür zum Treppenhaus, wenn es die Temperaturen zuließen. Hans hatte mir eine alte Winterjacke, eine Mütze und Handschuhe überlassen. Solange ich arbeitete, kam ich mit den frostigen Temperaturen gut klar; ich entwickelte genug Wärme, um nicht frieren zu müssen. Doch in den Ruhephasen wurde es ungemütlich. Am Schlimmsten war es in der Nacht. Selbst wenn ich alle Decken und sämtliche Kleidungsstücke überzog, fror ich. Aus diesem Grund dehnte ich die Zeiten, in denen ich arbeitete, immer weiter aus; nichts war so schlimm wie das ständige Zittern. Hans und seine Familie versuchten natürlich, mich dazu zu überreden, ins Haus zu ziehen, aber ich blieb stur. Dankbar nahm ich einen kleinen Gaskocher an, mit dem ich mir ab und zu eine Kanne heißen Tees zubereiten konnte. Als der erste Schnee fiel, wurde der Luftzug, der unablässig durch das Fenster hereinblies, unerträglich. Ich suchte mir herumliegendes Material zusammen und baute daraus eine Holzkonstruktion mit einem Glasausschnitt, die ich mit Draht an den Gitterstäben befestigte. Die verbleibenden Ritzen dichtete ich mit Stroh ab. Am Ende kam etwas zustande, das die Bezeichnung „Fenster" durchaus verdiente. Man konnte es auf- und zuschieben und es kam ausreichend Licht herein. Dadurch verbesserte sich die Wohnqualität in meinem „Zimmer" erheblich. Doch dann, Anfang Dezember kam der erste Frost. Mir fiel auf, dass sich meine Mäuse nur noch selten blicken ließen. Ich fragte mich, ob sie genug zu fressen hatten. Bestimmt mussten sie sich als Schutz vor der Kälte Winterspeck anfressen. Oder hielten sie gar Winterschlaf? Ein Gespräch mit Mama-Maus gab Aufschluss...

„Hallo, Mama-Maus! Geht es euch allen gut? Ich sehe euch kaum noch."

„Alles klar! Unsere Vorratslager sind voll. Wir bleiben im Winter lieber in unserem Bau, um keine Wärme zu verlieren. Bis zum Frühjahr kommen wir mit dem aus, was wir an Nahrung gesammelt haben. Aber was ist mit dir? Alleine kannst du dich nicht gut wärmen."

„Das geht schon. Ich habe einen kleinen Gaskocher. Den mache ich an, wenn es gar zu kalt wird."

„Na gut. Ich glaube zwar, dass es auch den Menschen gut tut, wenn sie im Winter näher zusammenrücken, aber du wirst schon wissen, was du tust. Mach's gut! Wir sehen uns dann im nächsten Jahr!"

Und schon war sie wieder in ihrem Loch verschwunden. Damit hatte ich nicht gerechnet. Ich hatte mich sehr an die Anwesenheit der Mäuse gewöhnt. Es war kein Tag vergangen, an dem ich nicht mit ihrer Hilfe die täglichen Probleme gelöst oder wenigstens angesprochen hatte. Vor dem Einschlafen noch ein gemeinsames Tagesresümee zu ziehen, war zum festen Ritual geworden. Ich tröstete mich mit dem Gedanken, dass ihre Mäusenatur darauf ausgelegt war, eisige Temperaturen auszuhalten. Bei mir war ich da weniger überzeugt.

Ich beobachtete mich dabei, wie ich immer öfter gleich nach dem Aufwachen den Gaskocher anzündete, um meine kalten Hände zu wärmen. Währenddessen setzte ich einen Topf Wasser auf, um mir einen Tee oder eine heiße Suppe zu kochen. Richtig schlimm wurde es erst, als ich meinen Wasserkanister aus Kunststoff am Morgen zerplatzt vorfand. Das Wasser war gefroren und hatte den Kanister während des Ausdehnens gesprengt. Beschämt wandte ich mich an Hans und bat ihn um Hilfe. Seine Reaktion war unverblümt.

„Ich habe auf diesem Hof schon viele Winter zugebracht, auch in den Zeiten, als in diesem Haus nur ein einziger Holzofen stand. So war es zwar auch nur auf der Ofenbank warm, aber wenigstens war es nie so kalt, dass das Wasser in den Waschschüsseln gefror. Und wir hatten ein warmes Federbett aus Daunen! Und was hast du? Nichts! Dabei stehen die wirklich kalten Tage noch aus. Tut mir leid, aber für so viel Sturheit fehlt mir das Verständnis."

Ich schwieg und nahm dankbar einen Holzkübel und eine neue Gaskartusche entgegen. Bestimmt wusste ich zu diesem Zeitpunkt bereits, dass Hans recht hatte. Ich wollte nur nicht einsehen, dass ich mich in eine Sache verrannt hatte, die in eine Sackgasse mündete.

Hans' Voraussage traf schneller zu, als ich befürchtet hatte. Eine Woche später, am 2. Advent, fielen die Temperaturen in den zweistelligen Minusbereich. Der Holzkübel zerplatzte zwar nicht, wenn das Wasser darin gefror, aber dennoch musste ich, um das Eis aufzutauen, mit einem Hammer Stücke davon abschlagen. Die Quelle am Waldrand war fast vollständig zugefroren. Nur noch ein einziges schwaches Rinnsal tropfte durch die Eisschicht. Meine Arbeit in der Kirche musste ich weitgehend einstellen, weil der schwarze Schlick am Boden ebenfalls gefroren war und mit ihm alle losen Trümmer, die darauf lagen. Aber so schnell wollte ich nicht klein bei geben. Ich weigerte mich, nur das Schlechte an der Winterzeit zu sehen. Ja, ich erlebte durchaus Glücksmomente, wenn ich zum Beispiel durch den erstarrten Wald wanderte und das Knirschen meiner Füße auf der dünnen Schneedecke das einzige Geräusch war, das die tiefe Stille durchbrach. Ich veränderte meine Meditationsregeln dahingehend, dass ich mindestens einmal am Tag im Freien meditierte.

Ich fühlte mich von der Natur besser aufgenommen als von den Menschen. Sie stellte keine Fragen und erwartete nichts von mir. Wenn ich draußen war, konnte ich in jeder Hinsicht freier atmen. Doch nicht einmal dieses Privileg war mir dauerhaft vergönnt.

Kurz vor Weihnachten begann es zu schneien wie seit Jahren nicht mehr. Freudig sah ich dabei zu, wie der Schnee alle Spuren zudeckte, die der Brand im Sommer hinterlassen hatte. Im Kirchenschiff lag nun eine weiße Schneedecke. Die unbeschädigten Heiligenfiguren trugen weiße Hauben, die anderen, „verletzten" sahen aus, wie in weißes Leinen gehüllt. *Die Natur,* dachte ich, *integriert alles. Heute ist es der Schnee, der sich über alles, Gutes wie Schlechtes, Schönes wie Hässliches, wie ein heilender Verband legt, morgen, im Frühjahr, sind es vielleicht Gras, Moos, Kletterpflanzen, die die klaffenden Wunden überall auf der Welt abdecken und sie mit Leben füllen.*

Doch viel Zeit zum Philosophieren war mir nicht vergönnt. Ein Tiefdruckgebiet legte sich auf das Land. Der Wind wurde immer böiger und wuchs zum Sturm heran. Bald war an Spaziergänge im Wald nicht mehr zu denken. Ich verschanzte mich in meinem selbst gewählten Verlies und hockte in einer Ecke, als könnten mich die kalten

Mauersteine wärmen. Ich zitterte so stark, dass ich zusehends davon ermattete. Meine Fensterkonstruktion hielt einigermaßen dicht, aber das eingesetzte Glasstück war mit gefrorenem Schnee bedeckt und ließ sich nicht mehr öffnen; daher war es sehr dunkel in meinem Zimmer. Ich schlief, aß und meditierte, wann ich es für richtig hielt. Drei Tage lang hörte ich den Sturm unablässig durch die Ritzen heulen, das war alles, was ich von der Welt außerhalb der Mauern mitbekam. Wenn ich meditierte, konnte ich für kurze Zeit vergessen, wo ich mich aufhielt, vor allem, wenn ich mir Welten erschuf, nach denen ich mich sehnte; blühende Wiesen, über denen Schmetterlinge tanzten, glasklare Seen und Bäche, in denen ich badete, dunkle, kühle Waldwege, rauschende Bäume, duftende Kräuter, Vogelgesang. Ich konnte mich so sehr in diese Welten vertiefen, dass ich mich nach der Meditation tatsächlich wärmer fühlte und ein bisschen zufriedener. Ich begriff, dass ich nicht viel brauchte, um glücklich zu sein. Menschen, fand ich, brauchte ich am wenigsten.

Ich hielt persönlich nicht viel von Weihnachten. Ich zweifelte am Sinn eines Festes, das nur eine Mischung aus keltischen Riten, erfundenen Geschichten und hartnäckigen Traditionen darstellte, in christliche Scheinheiligkeit verpackt und zum alljährlichen Kassenschlager hochgepuscht wurde. Daher fürchtete ich den Moment, da jemand vom Hof in mein Zimmer kommen würde, um mich zum gemeinsamen Festessen einzuladen. *Fehlt nur noch, dass jemand meint, mir etwas schenken zu müssen! Wenigstens muss ich nicht fürchten, dass die Kirche von Gläubigen besucht wird, die mir meinen Frieden rauben* – dachte ich. Leider gab es eine erhebliche Anzahl Menschen, die an ihrer Verehrung für St. Georg festhielten und erst recht – trotz der eindringlichen Warnung vor den Gefahren, die in dem maroden Bau lauerten – hierher pilgerten und Kerzen, Heiligenbilder, geschnitzte Figuren und symbolische Geschenke niederlegten. Naja – das war zu ertragen. Ich blieb in meinem Zimmer und dachte mir: *Das wird vorübergehen*. Doch dann passierte es tatsächlich. Wie so oft zieht man genau das an, was man fürchtet.

Ich wurde hellhörig, als ein Knirschen und Knarzen von unten an mein Ohr drang, das nur vom Treppenhaus herrühren konnte. Ein Fremder konnte das nicht sein; es war derzeit kaum möglich, all das Gerümpel zu übersteigen, um vom Hauptportal bis zum Treppenabsatz zu gelangen. Ich beruhigte mich damit, dass es vermutlich Hans war, der von den anderen geschickt wurde, um mich zu überreden, der Familie einen Besuch abzustatten. Vor ihm brauchte ich mich nicht zu fürchten. Er war nie aufdringlich, sondern akzeptierte ein Nein ohne große Widerrede. Aber wieder einmal sollte ich mich täuschen.

Die Person, die an diesem Weihnachtsabend zaghaft an die Tür klopfte, war Silvia. Mit ihr hatte ich am wenigsten gerechnet. Sie war eine eher schüchterne Person, mit der ich bisher nur Höflichkeitsfloskeln ausgetauscht hatte.

„Was willst du?", fragte ich mürrisch.

Ich sah ihr an, dass sich ihre Augen erst an die Dunkelheit in meinem Zimmer gewöhnen mussten. Ich war ihr gegenüber im Vorteil und konnte an ihrem Gesichtsausdruck erkennen, wie sie sich im Raum umsah, als wäre sie in einem Gruselkabinett gelandet.

„Hier wohnst du also?", sagte sie mehr zu sich selbst.

„Ja, hier wohne ich", antwortete ich so emotionslos wie möglich.

„Ich wollte – wir wollten dich fragen, ob du dich nicht ein bisschen zu uns setzen möchtest. Es gibt gutes Essen und auch ein Geschenk für dich."

Als ob sie mich mit einem nutzlosen Geschenk locken könnten!, dachte ich. *Alles, was ich brauche, habe ich hier.*

„Ich wäre lieber allein", sagte ich.

„Es ist nicht gut, wenn man an solch einem Abend allein ist. Wir würden uns alle sehr freuen, wenn du doch kommen würdest."

Ich beobachtete ein Lächeln, das über ihr Gesicht huschte.

„Besonders Sabrina. Sie hat immer wieder nach dir gefragt."

Dieser Satz war ein Schock für mich. Er traf mich völlig unerwartet. Und ebenso unerwartet erinnerte mich an meinen Traum zurück, der mir Sabrinas Gesicht gezeigt hatte. Ich spürte, wie meine aufgesetzte Unnahbarkeit zu Staub zerfiel.

„Sabrina? Warum sie? Ich habe mit ihr nichts zu schaffen."

„Was redest du da? Ach, komm doch bitte! Wenn es nur für eine Stunde ist. Du versäumst hier doch nichts."

Ich wollte energisch widersprechen. *Welche Anmaßung von ihr, über meinen selbstgewählten Rückzugsort zu urteilen!* Aber ich schaffte es nicht, wieder eine Türe zuzuschlagen, die man mir öffnete. Außerdem widerstrebte es mir, dieses junge Ding, das so lieb und unschuldig zu mir gekommen war, vor den Kopf zu stoßen.

„Na gut. Aber ich bin weder gewaschen noch habe ich saubere Kleidung."

„Du kannst bei uns duschen. Was zum Anziehen haben wir auch. Danke! Vielen Dank! Da werden sich die anderen aber freuen!"

Beinahe hätte sie ihre Schüchternheit überwunden und mich an der Schulter angefasst. Stattdessen zog sie ihre Hand wieder zurück und hielt sie vor den Mund als wäre es ungehörig, aus lauter Freude zu lachen.

„Wie bist du eigentlich hereingekommen? Doch wohl nicht über das Hauptportal?"

„Hans hat mir einen Schlüssel gegeben."

„Warum ist er dann nicht selbst gekommen, anstatt eine junge Frau im Dunkeln in diese Bruchbude zu schicken?"

Silvia kicherte. „Er meinte, dass du einer Frau nicht so leicht eine Bitte abschlagen würdest."

„Soso. Der alte Schlingel!"

Ich begleitete sie hinaus und musste mir eingestehen, dass Hans recht hatte. Vielleicht hatte ich allzu lange auf weibliche Gesellschaft verzichtet und vergessen, wie es sich anfühlt, einer Frau einen Gefallen zu tun. Silvias unverstellte Freude über mein Kommen gab mir Mut, den ich brauchte, um Sabrina gegenüberzutreten. Ich hatte nicht vergessen, wie sie bei unserem letzten Treffen gegen mich gestichelt hatte. Aber sie und Silvia waren dicke Freundinnen, daher vertraute ich darauf, dass mich Silvia in Schutz nehmen würde, wenn Sabrina abermals die Konfrontation suchte.

Die heiße Dusche im Hause der Familie war eine Wohltat. Man muss sich vorstellen, dass ich mich in den letzten drei Monaten entweder mit eiskaltem Quellwasser gewaschen oder mir den Schmutz mit Schnee vom Leib gerieben hatte. Wärme auf der Haut war ein Luxus für mich, ebenso wie ein Shampoo, mit dem ich Unmengen an Dreck, vor allem Ruß, aus meinem Haarschopf spülen durfte. Als ich dann noch saubere Kleidung bekam, fühlte ich mich wie ein neuer Mensch. Die äußerliche Reinigung hatte auch eine innere Wandlung zur Folge. Während ich so viele

Annehmlichkeiten über mich ergehen ließ und mir selbst etwas gönnen durfte, hörte ich ganz von selbst auf, gegen die Widrigkeiten von außen zu rebellieren. Ich wollte meinen Körper erziehen, ihm beibringen, nicht auf äußere Einflüsse zu reagieren, ihn immunisieren gegen Kälte und Schmerzen. Ich dachte, je weniger ich mich von meinem Körper beeinflussen ließ, umso mehr könnte ich meine geistige Natur leben. Reine Sinneswahrnehmungen können einen in die Irre führen, das hatte ich gelernt. *Ein Hund nimmt den Teil der Welt wahr, den ihm seine hochentwickelte Nase spiegelt, eine Fledermaus erfährt die Welt über ihre Ohren Wenn ich glaube, meine fünf Sinne könnten mir die Welt in ihrer Ganzheit zeigen, muss ich dennoch akzeptieren, dass mir ein Hund und eine Fledermaus in jeweils einem Aspekt überlegen sind.* Wie könnte ich also sicher sein, die Welt wahrzunehmen, wie sie wirklich ist? Ich hoffte die ganze Zeit über, dass ich über die Meditation erfahren würde, wer ich in Wahrheit war und wie die Welt um mich herum funktionierte. Doch wie weit würde mich die Meditation bringen? Ich hatte von weisen Menschen gehört, die acht Stunden täglich meditierten, ich kam höchstens auf die Hälfte. Ob mir diese Leute erklären konnten, wer sie sind? Wenn sie es wüssten, warum sollten sie dann nach wie vor stundenlang meditieren und warum waren sie nicht schon längst in eine höhere, geistige Dimension aufgestiegen? Sollten sie dann nicht jubelnd und vor Freude jauchzend ihr Leben in absoluter Glückseligkeit verbringen, anstatt Tag für Tag auf einer Bastmatte sitzend nach dem Glück suchen? Wäre es für einen spirituellen Meister nicht die höchste Ausdrucksform, ansteckende Lebensfreude zu verbreiten, anstatt sich in seine innere Welt zurückzuziehen, unnahbar und geheimnisumwittert?

Diese Gedanken gingen mir durch den Kopf, als ich das Wohnzimmer betrat. Alle saßen sie um den großen Tisch herum, Theresia und Hans, Silvia, Max, Amelie und Sabrina. Sie waren festlich gekleidet und strahlten mich an, als wäre ich etwas Besonderes. Ich zögerte, mich an den Tisch zu setzen, weil ich beinahe geblendet war von all dem Kerzenlicht und dem glitzernden Weihnachtsschmuck. Das nahm Silvia zum Anlass, aufzustehen und mich an meinen Platz zu geleiten, der, wie nicht anders zu erwarten, neben Sabrina war. Ich grüßte freundlich und bedankte mich für die Einladung. Ich vermied es vorläufig, meine Tischnachbarin direkt anzusehen, weil ich mit dem ersten flüchtigen Blick erkannt hatte, dass sie heute besonders hübsch aussah. Dank meiner inzwischen erworbenen Fähigkeit, meine Gedanken zu kontrollieren, richtete ich meine Aufmerksamkeit zunächst auf die Stimmung an diesem Festtagstisch. Ich nahm eine leichte Anspannung wahr, konnte aber die Ursache noch nicht ergründen. Mein Blick fiel auf den Weihnachtsbaum mit seinen bunten Kugeln, Sternen und leuchtenden elektrischen Kerzen, darunter ein Stapel an Geschenkpäckchen. Sogleich stieg ein Gefühl aus meiner Kindheit in mir auf, die Vorfreude auf etwas Großartiges. Es ging aber nicht nur um Geschenke, es ging auch um die Gewissheit, an etwas Heiligen teilzuhaben. Ich ließ für einen Moment zu, dass diese Erinnerung in mir groß wurde, dann wandte ich mich wieder der Gegenwart zu.

Vorsichtig drehte ich meinen Kopf, um Sabrina anzusehen, so dass sie es nicht bemerken sollte. Doch mein Vorhaben misslang. Sie schien nur darauf gewartet zu haben, dass ich mich ihr zuwandte. Wie in solchen Situationen typisch begannen wir unsere Sätze gleichzeitig.

„Es ist schön, dass – ", „So treffen wir uns also wieder – "

Wir mussten beide lachen. *Kein schlechter Anfang für ein Gespräch auf Augenhöhe*, dachte ich.

Ehe wir weiterreden konnten, erhob Max sein Glas und sagte feierlich: „Stoßen wir an auf den Weihnachtsfrieden! Auf dass unser Haus und alle, die darin wohnen, das ganze Jahr mit Frieden gesegnet sind."

Ich nahm mein Sektglas zur Hand und stieß artig mit allen an. Dann stand Silvia auf und ergänzte: „Und auf einen sehr seltenen Gast in unserer Mitte, der heute den Mut aufbrachte, hierher zu kommen!"

Wieder stieß ich mit allen an, doch dieses Mal fiel es mir schwerer. Ich hatte den Eindruck, dass Max nicht wirklich lächelte, als sich unsere Gläser trafen. Ob er missbilligte, was Silvia gesagt hatte? Jedenfalls gab mir Silvias Trinkspruch einen geeigneten Anlass, um Sabrina erneut anzusprechen.

„Eigentlich hat es mir gar nicht so viel Mut abverlangt. Ich bin gerne hierhergekommen."

„Tatsächlich?"

„Ja, tatsächlich! Zweifelst du daran?"

„Ich erinnere mich an eine Begegnung mit dir, als du das Haus in einem Tempo verlassen hast, als wäre der Teufel hinter dir her."

„Das musste ja kommen! Klar, dass du das nicht vergessen hast! Das war nur, weil du mich absichtlich in Verlegenheit gebracht hast."

„So schnell lässt du dich aus der Ruhe bringen? Ich hätte mehr Gegenwehr erwartet."

„Ich hatte nichts gegen dich in der Hand. Du hingegen kanntest meine Schwächen. Das war unfair."

Sabrina antwortete nicht gleich, sondern schaute nur in die Kerzenflamme vor sich. Das gab mir Gelegenheit, sie näher anzusehen. Ja, sie war wirklich hübsch. Helle, makellose Haut, einen Mund, der immer zu lächeln schien, eine schlanke Nase, blonde Locken... Aber das war es nicht, was mich am meisten an ihr faszinierte. Es war in der Hauptsache ihr direkter Blick, der verbindliche Ausdruck ihrer Augen. Sie war nicht nur körperlich anwesend, wenn sie mit jemandem sprach, sondern auch geistig, seelisch, in jeder nur denkbaren Weise.

„Es ist mein Beruf, etwas mehr zu wissen als die anderen", sagte sie augenzwinkernd.

„Bist du etwa Wahrsagerin?" Ich wollte einen Scherz machen, doch der blieb mir im Hals stecken, als die prompte Antwort kam.

„Nein, Polizistin."

„Ach..."

„Um es kurz zu machen: Ich ließ mich nach Kannweiler versetzen, weil ich hier aufgewachsen bin. Ich wurde zur Fahndung versetzt und mit einem nicht abgeschlossenen Fall betraut. Es ging um einen Buchhalter, der 200.000 Euro veruntreute und einen Kollegen verletzte. Muss ich noch mehr erzählen?"

So, wie sie mich in diesem Augenblick ansah, hatte ich sie schon oft gesehen. Es war meine Vision, die ich im Traum immer und immer gesehen hatte. Ihr Gesicht ganz nahe vor meinem, bedrohlich, erschreckend. Darum also verhielt sich Max so eigenartig. Er wusste, dass er einem mutmaßlichen Verbrecher Tür und Tor geöffnet hatte. Sie alle wussten es! Ich nahm an, dass er nicht so leicht darüber hinwegsehen konnte wie die anderen. Das verstand ich; er wollte seine Rolle als Hausherr ausfüllen. Er hatte eine Familie zu beschützen.

Ich hätte in diesem Moment eigentlich in Panik ausbrechen müssen, aber ich blieb überraschend ruhig. Ich vermute den Grund dafür darin, dass ich mich an die Situation, als Krimineller angesehen zu werden, gewöhnt hatte. Mehr als einmal hatte ich mir lebhaft vorgestellt, von der Polizei aufgespürt und verhaftet zu werden, doch niemals empfand ich das als Katastrophe. Vielmehr sah ich darin einen notwendigen Schritt, um inneren Frieden zu erlangen. Unmittelbar darauf geschah etwas Unglaubliches: Es erschien ein neues Bild vor meinen Augen, ein ganz und gar erstaunliches Bild! Sabrina und ich saßen an diesem Tisch, wir hielten uns an den Händen und neben mir stand ein Kinderwagen, darin lag unser gemeinsames Kind! Ich war so verblüfft, dass ich beinahe laut aufgelacht hätte. Was also hatte ich nun noch zu befürchten? Die Zukunft war mir nicht zum ersten Mal erschienen. Ich hatte sie bei Hans gesehen und das Gesicht Theresias kannte ich schon, bevor ich sie zum ersten Mal sah. Daher war ich mir sicher: Wenn ich auf meine Vision vertraute, würde sich meine Zukunft demgemäß gestalten.

Daher konnte ich Sabrina völlig frei antworten, beinahe freudig.

„Nein, dazu musst du nichts mehr sagen. Erzähle mir lieber, warum ich hier bin und nicht im Gefängnis."

„Eine berechtigte Frage." Sie beugte sich zu mir, um so leise wie möglich sprechen zu können. „Hätte ich tun können. Aber du musst wissen: Ich arbeite sehr gründlich. Halbe Sachen gibt es bei mir nicht. Ein paar Details fehlen mir noch für eine lückenlose Beweiskette. Vor allem aber durftest du die Zeit in deinem Verlies noch ungestört genießen, weil Silvia eine gute Freundin von mir ist und sich für dich eingesetzt hat; obwohl Max anders darüber denkt."

„Und was denkst du?"

„Ich denke, dass es eine miserable Geschichte ist, die du den gutgläubigen Leuten hier aufgetischt hast. Vorzugeben, alles vergessen zu haben; das ist unter Ganoven eine beliebte Hinhaltetaktik. Wie lange dachtest du denn, hier unterzutauchen? Bis Gras über die Sache gewachsen ist?"

„Ich habe Zeit. Mir gefällt es hier wirklich. Obwohl – verglichen mit meinem Turmzimmer wird eine warme Gefängniszelle mit geregelten Mahlzeiten ein Luxusappartement sein."

Sabrina verzog einen Mundwinkel, um anzudeuten, dass sie meine Bemerkung nicht übermäßig komisch fand.

„Im Übrigen", sagte sie, „würde mich interessieren, was du mit dem Geld gemacht hast. Das Interesse ist nicht so sehr beruflicher, als vielmehr privater Natur. Ich möchte wissen, wie du so tickst, ehe ich dich festnehme."

Sie sagte das in einer beeindruckenden Ruhe und Abgeklärtheit. Sie wusste, dass ich wusste, dass sie gar keine andere Wahl hatte, als mich zu verhaften. Das Spiel gefiel mir. Es würde faszinierend sein, zu beobachten, wie sich die Dinge entwickeln würden.

„Oh! Das Geld? Das habe ich nicht mehr. Hat man dir das nicht erzählt?"

„Sehr schlechte Ausrede! Wieder einmal! Du bist ein guter Lügner, aber mit der Zeit wird es langweilig. Was soll ich von dir denken? Ein junger Mann verbringt sein Leben in einem baufälligen Turm, um dort zu meditieren oder was weiß ich. Und das einfach so, ohne triftigen Grund! Erzähl mir ja nicht, du hättest eine spontane Erleuchtung oder so was!"

„Ich lüge nicht. Warum sollte ich?"

„Vielleicht weil du das Geld gerne behalten willst? Ist mir auch egal. Heute werde ich mir den Unsinn nicht anhören. Es ist Heilig Abend! Ich möchte fröhlich sein. Bis zum 27. soll zwischen uns Waffenstillstand herrschen. Dann bin ich Frau Kommissarin für dich und ich werde dich bitten müssen, aufs Revier zu kommen. Bis dahin lass ich dich in Ruhe, vorausgesetzt, du verhältst dich ruhig. einverstanden?"

„Einverstanden! Du weißt ja, wo du mich findest."

Sie nickte. „Und jetzt sollten wir zugreifen! Ich habe einen Bärenhunger!"

Das Essen war ausgezeichnet. Ich war unsagbar glücklich, hier zu sein. Das lag nicht nur am guten Essen und an der fröhlichen Gesellschaft, sondern vor allem an einer wesentlichen Veränderung. Sabrina und ich waren uns einig. Es gab nichts mehr, was wir voreinander geheim halten mussten. Die Zeit des Taktierens war vorüber. Und so ganz nebenbei passierte etwas Wunderbares. Eine Sekunde lang lenkte ich meine Aufmerksamkeit von den Gesprächen am Tisch ab in mein Inneres. Und da war es wieder! Das Gefühl unbeschreiblichen Glücks. Ich war umhüllt von einer Wolke unendlichen Friedens. Ich sah die Menschen am Tisch, unscharf, wie durch einen Nebel, ich hörte ihre Stimmen, ohne auf die Worte zu achten, ich spürte alles zusammen, etwa so, wie man ein heißes Bad nimmt und die Wärme am ganzen Körper gleichzeitig fühlt. Ich hatte den Wunsch, jeden Einzelnen von ihnen zu umarmen und ihm zu sagen, wie wunderbar er ist. Allmählich wurden die Stimmen wieder lauter und das Bild klarer. Als meine Wahrnehmung wieder ganz dem Außen galt, bemerkte ich, dass mich Sabrina ansah.

„Bist du noch da? Ich habe dich etwas gefragt?"

„Entschuldige! Ich war gerade... Was war deine Frage?"

„Ich wollte wissen, ob ich dir dein Geschenk jetzt geben soll, oder erst später."

„Ein Geschenk? Für mich? Aber du wusstest doch gar nicht, ob ich heute kommen würde."

„Doch. Wusste ich. Weibliche Intuition. Also?"

„Ich habe leider nichts für dich. Ich wusste tatsächlich nicht, dass du heute kommen würdest… An einen Ort, von dem ich selbst nicht wusste, ob ich hingehen würde…"

„Was bist du doch für ein seltsamer Mensch, Kaspar Friedrich!"

Ihr Geschenk traf den Nagel auf den Kopf. Es war ein Kartenspiel mit der Bezeichnung „Die Stunde der Diebe".

„Das ist wirklich witzig!", sagte ich. „Wenn ich gewinne, entlarvt mich das als professionellen Gauner?"

„Ein Indiz mehr, würde ich sagen. Ein Mosaiksteinchen fügt sich zum anderen."

„Frohe Weihnachten, Sabrina!"

„Frohe Weihnachten, Kaspar!"

Wir stießen miteinander an und küssten uns auf die Wange, wie es beste Freunde eben so tun. Silvia warf uns einen verstohlenen Blick zu und schien sich darüber zu freuen, anders als ihr Mann Max, der eher säuerlich dreinschaute, als ich ihm das Glas zum Anstoßen entgegenhielt.

„Du brauchst dir keine Sorgen zu machen, Max. Am Ende ist alles gut, versprochen!"

„Dein Wort in Gottes Ohr", entgegnete er trocken.

Als wir auseinandergingen, sagte Sabrina: „Also dann – wie vereinbart. Ich erwarte dich in drei Tagen auf dem Revier. Ich hoffe, du machst keine Schwierigkeiten."

„Aber woher denn? Wohnst du eigentlich über die Feiertage hier?"

„Nur heute Nacht. Ich habe ab morgen wieder Dienst. Warum fragst du?"

„Sonst hätten wir vielleicht mal eine Runde ‚Die Stunde der Diebe' spielen können."

„Ich wäre an deiner Stelle nicht so entspannt. Ich will nichts versprechen, aber unter sechs Monaten wirst du nicht davonkommen."

„Hmm… sechs Monate… Meine Mäuse werden mich vermissen."

„Wovon redest du? Von Geld? Raus damit, wenn du was zu sagen hast!"

„Aber nein! Ich rede von richtigen Mäusen; bei mir oben im Turmzimmer. Ich verstehe mich prächtig mit ihnen. Sie halten jetzt so eine Art Winterruhe. Bestimmt werden sie erwarten, dass ich ihnen im Frühjahr Futter bringe."

„Du willst mich wohl veräppeln."

„Nein. Ich habe ja sonst niemanden zum Reden."

„Du spielst jetzt die Karte der Unzurechnungsfähigkeit aus, habe ich Recht? Machst hier einen auf Dachschaden und hoffst auf mildernde Umstände."

Ich lachte. „Ich würde dir die Mäuse ja gerne vorstellen, aber die wollen zurzeit nicht gestört werden. Das mag alles verrückt klingen, aber ich will bestimmt niemanden veräppeln. Wir sehen uns am 27. Dann werde ich alle deine Fragen beantworten. Ich hoffe, dass mein Gedächtnis bis dahin wieder ein bisschen aufgeholt hat."

Sabrina sah mich schräg an, so, wie man es bei einem Menschen macht, dem man nicht traut. Sie nickte, aber ihr Gesichtsausdruck zeigte, dass sie mich für einen Schwindler hielt. Das bedauerte ich sehr. Ich hatte mich leider äußerst ungeschickt verhalten. Da ich so völlig unbeeindruckt von dem angedrohten Strafmaß war, musste sie davon ausgehen, dass ich ein ausgefuchster Hochstapler sei. Sabrina wusste ja nichts von der Vision, die ich erhalten hatte, eine ungeheuerliche Vision! Ich mit ihr – wir beide Eltern eines Kindes! Ich musste zugeben, dass mich diese Vorstellung keineswegs erschreckte, im Gegenteil, ich fühlte mich dabei geradezu geschmeichelt. Keinesfalls aber war die Vision durch mein Wunschdenken herbeigeführt worden, sie kam aus dem Nichts und erschien genauso klar, wie alles andere, was ich bisher auf diese Art gesehen hatte. Mir fiel auf, dass ich diese Visionen früher niemals hatte. Es begann erst, seit ich mit dem Verlust meines Gedächtnisses im Turmzimmer aufgewacht war. Ob es sich um eine physiologische Veränderung meines Gehirns infolge einer traumatischen Einwirkung handelte? Zweifellos war ich nicht mehr derselbe Mensch wie vor diesem Schlag auf meinen Kopf oder was auch immer mir das Bewusstsein geraubt hatte. Ich war, soweit ich das beurteilen konnte, feinfühliger geworden. Die Eigenart, nach Gesprächen noch stundenlang über deren Inhalte und Auswirkungen

167

nachzudenken, war für mich neu. Außerdem bemerkte ich, dass ich mich zwar an die meisten Ereignisse aus meinem früheren Leben erinnern konnte, aber nur in großen Zusammenhängen. Die Details, Bilder, Wortlaute, Gefühle, Gedanken dazu fehlten.

Ich freute mich auf das offizielle Verhör unter Sabrinas strengen Blicken, doch zunächst hatte ich noch etwas anderes zu erledigen. Ich wollte mich bei Silvia dafür bedanken, dass sie sich bei Sabrina für mich verwendet hatte, und noch dazu gegen den Willen ihres Mannes. Daher besuchte ich Silvia gleich am Nachmittag des ersten Weihnachtsfeiertages. Natürlich zog ich mir die beste Kleidung an, die ich hatte. Ich musste an all den Pilgern vorübergehen, die schon seit den frühen Morgenstunden Kerzen und Bilder vor dem Kirchenportal aufstellten und dort beteten und Andachten abhielten. Ich wollte kein Aufsehen erregen, war es doch schon seltsam genug, dass jemand aus dem Inneren einer für die Öffentlichkeit geschlossenen Kirche kam.

Für Silvia war ihr persönlicher Einsatz für mich keine große Sache.

„Georg hat sich dafür entschieden, dich nicht zu verraten", sagte sie. „Daher war es für mich klar, dass ich dich weiterhin unterstütze. Du musst wissen, dass ich Georgs Rat und Weisheit sehr schätze."

„Ich bin dir sehr dankbar! Auch dafür, dass du mich überredet hast, zu eurem Fest zu kommen. Ich hoffe sehr, Max nimmt dir deine Entscheidung nicht übel."

„Ach, das geht schon klar. Er muss lernen, der weiblichen Intuition zu vertrauen."

Bei dem Wort „Intuition" klingelte es bei mir.

„Sag mal – hast du eigentlich schon einmal meditiert?"

„Ja, früher ab und zu. Das lässt sich gar nicht vermeiden, wenn man einen Nachbarn wie Georg hat. Warum?"

„Du weißt ja, dass ich täglich mehrere Stunden meditiere. Und ich habe mich gerade gefragt, ob Frauen vielleicht die besseren Meditierer sind. Ich glaube nämlich auch an die weibliche Intuition."

Sie lächelte. „Wer weiß, ob das nicht nur ein Gerücht ist, das so oft wiederholt wurde, bis jeder dachte, dass es die Wahrheit wäre? Ich habe meditiert, weil es mir half, in stürmischen Zeiten zur Ruhe zu kommen. Manchmal hat es mir auch geholfen, schwierige Entscheidungen zu treffen. Aber inzwischen – verzeih mir! – halte ich es für Zeitverschwendung, mehr als eine halbe Stunde täglich zu meditieren."

„Darf ich auch wissen, warum?"

„Ja. Was tut man denn während einer Meditation? Man befasst sich mit Problemen. Denn, wenn man keine Probleme hat, warum sollte man dann seine Zeit damit vergeuden zu meditieren?"

„Jeder hat seine Probleme! Ich jedenfalls kenne niemanden, der nichts in seinem Leben verbessern wollte."

„Na gut. Meinetwegen. Man sucht also in der Meditation nach Lösungen. Wenn man sie dann wirklich gefunden hat, bleiben sie trotzdem wertlos, wenn man sie nicht in die Tat umsetzt. Und das ist dann der Knackpunkt. Die schönste Erkenntnis nützt mir nichts, wenn ich nicht bereit bin, alte Gewohnheiten zu verändern."

„Wie heißt es so schön: Selbsterkenntnis ist der erste Schritt zur Verbesserung."

„Kann sein. Vielleicht auch der erste Schritt zur Unzufriedenheit. Ich sehe das alles sehr viel pragmatischer. Ich verlasse mich in jeder kniffligen Situation auf mein Gefühl. Ich tue, was mir meine Intuition sagt. Und dann gehe ich davon aus, dass ich die richtige Entscheidung getroffen habe, ganz egal, wohin mich meine Entscheidung führt. Ich zweifle meine Entscheidung nicht mehr an, verstehst du? Auf diese Weise mache ich nichts mehr falsch. Das ist ein gutes Gefühl! Wozu sollte ich dann noch meditieren?"

Ich war überrascht von Silvias Weisheit. Sie hatte sich eine gesunde Lebensphilosophie zurechtgelegt und einen Weg gefunden, ihre innere Führung zu einem praktischen Wegweiser im Alltag zu machen, ganz einfach, ohne große spirituelle Einweihungen, so naiv und selbstverständlich wie ein Kind. Aber ganz kampflos wollte ich mir meine Meditationsübungen nicht schlecht reden lassen.

„Das setzt aber voraus, dass du in der Lage bist, jederzeit auf deine Intuition zu hören, auch, wenn du unter Anspannung bist oder eine Emotion über dich hinwegrollt. Und noch etwas: Woher weißt du überhaupt, dass die Intuition in dir auch die Stimme ist, die dir das Richtige sagt? Du kennst doch bestimmt solche Leute, die so feinnervig sind, dass sie die Flöhe husten hören? Die würden auch behaupten, sie hören auf ihre Intuition."

„Ich glaube, zwei Dinge habe ich aus meinen wenigen Meditationssitzungen mitgenommen. Erstens: Wenn Angst im Spiel ist, denkt und handelt man falsch. Zweitens: Wenn du anfängst, zu grübeln, hör auf damit. Das ist ja auch gar nicht so neu. Früher haben die Leute immer gesagt: Der erste Gedanke ist immer der richtige. Irgendwann wusste ich, wie sich meine innere Stimme anhört. Seitdem höre ich den ganzen Tag auf sie."

„Dann kann man sagen, dass du ständig meditierst…"

„Ja, doch! Wenn du es so nennen willst."

„Dann bist du wahrscheinlich geübter als ich!"

„Ich weiß nicht…"

„Und darum möchte ich dir eine Frage stellen. Was sagt dir deine Intuition über Sabrina? Du kennst sie schon lange und gut. Aber abgesehen von deinem Wissen über sie – ist sie ein Mensch, dem man vertrauen kann?"

„Fragst du aus einem bestimmten Grund?"

„Ja. Ich werde übermorgen von ihr polizeilich verhört. Ist das etwa kein Grund, nervös zu werden?"

Sie zuckte mit den Achseln.

„Wenn du die Wahrheit sagst, hast du von ihr nichts zu befürchten. Sabrina ist die freundlichste Person, die ich kenne. Nur wenn sie angelogen wird, kann sie ungemütlich werden. Das solltest du wissen."

„So habe ich sie auch eingeschätzt. Dann wird es übermorgen ein gemütlicher Spaziergang. Ich habe nichts zu verbergen."

Ich wollte mich verabschieden, doch Silvia hielt mich zurück.

„Eine Sache noch!", sagte sie. „Das solltest du wissen. Wenn es um Männer geht, ist Sabrina ein gebranntes Kind."

„Ja?"

„Sie wurde von ihrem Freund betrogen. Das war auch ein Grund dafür, dass sie nach Kannweiler gezogen ist. Daher ist sie bei Männern besonders hellhörig, vielleicht ein bisschen zu sehr."

„Ich habe nicht vor, sie zu täuschen. Ich werde die Wahrheit sagen, auch wenn es zu meinem Nachteil ist."

„Gut. Ich will aber nicht schlecht über sie reden. Sie ist wirklich ein liebenswerter Mensch."

„Natürlich."

Eine junge Frau, die von ihrem Freund, mit Sicherheit irgend so ein aufgeblasener dämlicher Macho, betrogen wurde... Warum kam mir dabei sofort **ein** Gedanke in den Sinn? *Sie ist noch zu haben! Freiwild! Wie einfältig sind wir*

Männer eigentlich? Wenn man es auf andere Art und Weise betrachtete, hatte ich morgen ein Date mit ihr. Und ich freute mich darauf! In mir war ein Urinstink geweckt worden, der primitiver nicht sein könnte: *Ich werde dir beweisen, dass ich der bestmögliche Mann für dich bin! Du wirst sehen, dass es noch Männer gibt, denen man trauen kann!*

Nein! Mit dieser Einstellung durfte ich nicht zur Vernehmung gehen. Das war keine Weisheit, das war animalisches Getue in seiner niedrigsten Form. Es fehlte gerade noch, dass ich Brunftschreie ausstieß. Ich musste meditieren, jetzt sofort!

Eilig lief ich die Treppe hoch in mein Zimmer. Ich nahm meine Meditationshaltung ein, wie ich es schon hunderte Male gemacht hatte. Die Lichtkugeln begannen zu leuchten, sich auszubreiten, bald war ich umgeben von Licht. Ich war Licht in einem Meer von Licht…

Behutsam richtete ich meine Aufmerksamkeit auf Sabrina. Ich wandte mich dabei nicht an das Bild der Person, die meine Augen an mein Gehirn übermittelt hatten, sondern an das „Höchste Selbst" von Sabrina, als an ihre Seele. Ich verstehe darunter jene Instanz in uns, die alle Informationen über uns sammelt, alle unsere Erfahrungen und die Sehnsüchte, die uns antreiben. Ein Einblick in das „Archiv" des Höchsten Selbstes sagt viel mehr über eine Person aus als das Konstrukt, das wir auf der Basis unserer Sinneswahrnehmungen bauen. Diese persönliche Meinung über einen Menschen ist arg vereinfacht, da sie den Filter unserer eigenen Erfahrungen durchläuft und dabei viele Informationen ignoriert oder verfälscht. Ich befragte also

Sabrinas Höchstes Selbst nach ihrem tiefsten Sehnen und nach ihrer größten Angst. Nach einigen Minuten kamen die Antworten, vage spürbar als Gefühl und Farbe. Sie waren überraschend. Ich hätte das bei einer so fröhlichen und lebensbejahenden Frau nicht erwartet.

Ihr tiefstes Sehnen war – wie so oft – auch ihre größte Angst. Sie wünschte sich nichts mehr, als die Kontrolle über ihr Leben abgeben zu können. Ich sah eine zähe braune Masse, die sie mit klebrigen Fäden festhielt und daran hinderte, weiter nach oben zu kommen. Ja, es kostete sie enorm viel Kraft, positiv gestimmt zu bleiben, während ringsherum alle Vorzeichen auf „Fehlschlag" gestellt waren. Sie sah alle diese Menschen, die achtlos durchs Leben gingen, die blind für offensichtliche Fallstricke waren und unweigerlich in ihr Unglück rannten. Sie sah auch, wie sie selbst für die Katastrophen anderer zur Rechenschaft gezogen wurde. Und davor hatte sie am meisten Angst; dass sie in der Fülle sich anbahnender Katastrophen nicht immer und für jeden ihr Bestes tun konnte, um sie zu verhindern, und dann dafür schuldig gesprochen würde. Ihr tiefstes Sehnen bestand demnach darin, die übergroße Verantwortung abgeben zu dürfen, möglicherweise an einen Partner, der ebenso dachte wie sie.

Nachdem ich diese Information erhalten hatte, zog ich mein Licht zurück und beeilte mich, in meinen materiellen Zustand zurückzukommen. Ich wollte unverzüglich analysieren, wie ich mich mit dieser Kenntnis über Sabrina auf die bevorstehende Befragung vorbereiten könnte.

Sabrina wollte die Wahrheit wissen – das war umso logischer, da ihr dieses Wissen Kontrolle verleihen würde. Ich war mir sicher, dass sie bei ihren Verhören knallhart und unnachgiebig war. Sie würde keinen Delinquenten entlassen, an dem nur der Anflug von Unehrlichkeit haftete. Das war die Polizeibeamtin Sabrina. Aber wie war sie als Frau? Ich malte mir in Gedanken aus, wie sie einen Mann wie mit einem Laserblick durchscannte, ehe sie sich auf eine Beziehung mit ihm einließ. Sie würde niemandem ihr Vertrauen schenken, der sie in irgendeiner Weise im Ungewissen ließ. Und sie würde große Erwartungen an ihn stellen! Da sie sich wünschte, von dem Druck der Verantwortung befreit zu werden, müsste der Mann in ihrem Leben so denken und fühlen wie sie. Sie würde einhundertprozentiges Verständnis erwarten. Überdies müsste er ihre komplette Palette von Unsicherheiten durchblicken und beseitigten. Was für ein Stress für den Mann, der sie zufrieden stellen wollte!

Ging ich mit dieser Einschätzung zu weit? Ich hoffte. Was ich in der Meditation über einen Menschen erfuhr, war immer nur die Sprache seiner Seele. Doch selbst die Seele muss sich den Entscheidungen eines Menschen unterordnen. Wenn Sabrina heute den Entschluss fasste: „Ich werde mich jetzt ändern! Ich lege die kontrollierende Sichtweise ab!", dann würde sich das Gefüge von Ursache und Wirkung sofort verändern. Was vorher einem unausweichlichen Weg in die Sackgasse glich, würde durch einen neuen Entschluss einen Seitenweg eröffnen, den es bisher nicht gab. Wenn sie erreichen würde, was jeder Mensch mehr als alles andere erstrebt, nämlich glücklich zu sein, wäre jeder Weg, der dorthin führte, genau der richtige. *Liegt es in meiner Macht, ihr einen neuen Blick auf die Dinge zu ermöglichen?* Die Antwort auf diese Frage würde ich in zwei Tagen erhalten.

VIII. Die Vernehmung

Ich hatte Sabrina versprochen, um zehn Uhr in der Polizeiinspektion zu erscheinen. Wollte ich den Weg dorthin zu
Fuß zurücklegen, hätte dies zwei Stunden in Anspruch genommen, bei den derzeitigen winterlichen Verhältnissen
womöglich noch länger. Daher nahm ich Silvias Angebot,
mich mit dem Auto dorthin zu fahren, gerne an.

„Du bist ungewohnt schweigsam", bemerkte Silvia, während wir den Feldweg nach Lamprechting entlangrollten.

„Mir geht gerade allerhand durch den Kopf."

„Wegen der Vernehmung?"

„Ja. Ich bin mir plötzlich gar nicht mehr so sicher, dass
meine Erinnerung wieder komplett ist. Es gibt da einige Lü-
cken."

„Bestimmt fällt dir das Meiste wieder ein, wenn du erst einmal angefangen hast, davon zu erzählen."

„Das hoffe ich auch. Ich will ja nur nicht, dass Sabrina
denkt, ich verschweige ihr etwas."

„Vielleicht hätte ich dir besser doch nichts über sie erzählt."

„Ach! Es nützt ja sowieso nichts, sich den Kopf darüber zu
zerbrechen. Es kommt alles, wie es kommen muss."

Silvia lachte. „Es ist schon was wert, zur rechten Zeit den
richtigen Spruch auf Lager zu haben, nicht wahr?"

Wir hielten an die Hauptverkehrsstraße an, die nach Kannweiler führte. Silvia musste lange warten, ehe sich in der zähen Autoschlange eine Lücke auftat, in die sie einscheren konnte. Der Blinker machte sein monotones Tek Tak, Tek Tak. In diesem Moment war es wieder da, das Gefühl absoluten Friedens, so überraschend wie nie zuvor. Am liebsten hätte ich Silvia gebeten, noch eine Minute an der Abzweigung stehenzubleiben, um die Stimmung nicht zu verändern. Doch das war gar nicht nötig, denn für mich blieb die Zeit ohnehin stehen. Ich war verliebt in diesen Augenblick, in Silvia, in ihr Auto, in das Spiel zwischen Sonne und Schatten auf dem Armaturenbrett, in den Asphalt, in die Straßenbegrenzungspfosten, in das Stoppelfeld daneben. Und gleichzeitig überflutete mich unendlicher Frieden und die sichere Erkenntnis, dass ich so sicher war wie in Abrahams Schoß. Dann fuhr Silvia mit quietschenden Reifen an und der Moment war vorüber.

„Entschuldige!", sagte sie, nicht ahnend, was eben in mir vorgegangen war. „Wenn man hier nicht ordentlich aufs Gas drückt, kommt man nie raus."

„Schon klar."

Ich lächelte, weniger wegen ihrer Bemerkung als vielmehr wegen der Klarheit und absoluten Zuversicht, mit der ich die Welt nun sehen durfte. Manchmal war alles so einfach: Ich liebte die Welt und die Welt liebte mich. Wo sollte es irgendein Problem geben?

Silvia ließ mich direkt vor der Polizeiinspektion in Kannweiler aussteigen, einem alten Gebäude mit Stuckverzierungen über den Fenstern und einem repräsentativen Eingang mit steinernen Stufen und angedeuteten Säulen. Man könnte meinen, dass hier ein Theater oder ein Ballsaal untergebracht war. Nur der moderne Glaskasten mit der beleuchtbaren Schrift POLIZEI verriet etwas über das Innenleben des Hauses.

Ich stand vor einer Scheibe aus dickem Sicherheitsglas und durfte über ein Mikrophon mit einem Beamten sprechen.

„Ich habe einen Termin bei Frau Stöger", sagte ich.

„Ihr Name?"

„Bernhard Neumann!", antwortete ich pflichtgemäß, da ich mir sicher war, dass Sabrina meinen neuen Alias-Namen nicht akzeptierte.

„1. Stock, Zimmer 113!", antwortete der Beamte und betätigte den Türöffner.

Während ich über eine Treppe nach oben ging und die funktionellen, in hellem Grau gehaltenen Räume und Flure betrachtete, fragte ich mich, ob ich dieses Gebäude in absehbarer Zeit wieder verlassen würde. Ich stellte mir die Frage aus reiner Neugier und ohne Sorge, da ich wusste, dass das Gefühl der Freiheit nicht von äußeren Umständen abhing. Dann stand ich vor der 113 und klopfte.

„Herein!"

Ich öffnete die Tür und sah in ein überraschend helles Büro; die Morgensonne leuchtete eben sehr intensiv durch die Fensterfront. Unwillkürlich hielt ich meine Hand über die Augen, um besser sehen zu können. Ob das Absicht war, den Verhörkandidaten damit zu verunsichern? Man hätte den Raum auch verdunkeln können, es wären Jalousien vor den Fenstern angebracht. Sabrina beantwortete meine Frage, indem sie auf einen Knopf an der Wand drückte und die Jalousien nach unten fahren ließ.

„Guten Morgen, Herr Neumann!", sagte sie. „Bitte setzen Sie sich!"

Mir war bewusst, dass Sabrina zu Verdächtigen keinen persönlichen Kontakt haben durfte, daher antwortete ich ebenso förmlich.

„Guten Morgen, Frau Stöger! Ich bin so frei."

„Sie wissen ja, worum es heute geht", begann sie ohne Umschweife. „Sie sind dringend tatverdächtig, 200.000 Euro aus der Kasse der Stadtverwaltung Kannweiler unterschlagen zu haben. Außerdem wird Ihnen vorgeworfen, einen Kollegen vorsätzlich verletzt zu haben. Was sagen Sie dazu?"

Sie saß vor einem Notebook und wartete auf meine Stellungnahme, um alles sofort protokollieren zu können. Die pastellgelbe Bluse mit den grünen Schulterklappen stand ihr sehr gut.

„Ich kann mich nicht an alle Einzelheiten jenes Nachmittags erinnern. Es muss irgendwann im Juni gewesen sein."

„Der 17. – laut Protokoll des damals diensthabenden Beamten."

„Ja, das wird schon seine Richtigkeit haben. Ich kann mich noch erinnern, wie ich vom Bahnhof weglief."

„Wie spät war es zu dem Zeitpunkt?"

„Ich weiß nicht. Ich kann nur mutmaßen, dass es zwischen achtzehn und neunzehn Uhr war, da die Stadtverwaltung um achtzehn Uhr schließt."

„Gut. Sie haben also nach Dienstschluss, sobald die Kollegen nach Hause gegangen waren, den Tresor geöffnet und das Geld entwendet. Woher wussten Sie, dass so eine hohe Summe in der Kasse war?"

„Hmm…" Ich konnte mich nicht daran erinnern, darüber nachgedacht zu haben, wie viel Geld im Tresor war, und antwortete ausweichend. „Manchmal kommt es vor, dass umfangreiche Barauszahlungen getätigt werden müssen, dann muss das Bargeld am nächsten Tag vorliegen. Bei Aufwandsentschädigungen für ehrenamtliche Helfer beispielsweise."

„Gab es denn am Tag darauf eine Veranstaltung mit ehrenamtlichen Helfern?"

„Ich weiß nicht. Ich weiß leider gar nichts mehr von diesem Abend. Ehrlich gesagt bin ich mir gar nicht sicher, ob ich das Geld heimlich genommen habe. Es kann auch sein, dass ich den Auftrag hatte, diese Summe bei der Bank abzuliefern."

„Um 18 Uhr? Da werden Sie keine Bank finden, die noch geöffnet hat."

„Stimmt. Es könnte auch schon früher gewesen sein."

Sabrina seufzte genervt.

„Also gut. Lassen wir das erst einmal offen. Sie sind dann direkt zum Bahnhof gefahren, weil es da Schließfächer gab. Sie wollten das Geld dort deponieren."

„Ich glaube ja."

Auf Sabrinas Stirn bildete sich eine Längsfalte zwischen den Augen. Sie wurde wütend, keine Frage.

„Wie war das dann, als der Kollege dazu kam und sie dabei erwischte?"

„Ich weiß noch, dass wir uns gestritten haben. Sehr heftig. Wir haben uns um den Schlüssel zum Schließfach regelrecht gebalgt."

„Es gab einen Schlüssel zum Schließfach? Dann hatten Sie das Geld bereits dort verschlossen, als Ihr Kollege hinzukam?"

„Ja, doch! Das Geld war im Schließfach. Ich bin mir sicher. Ich hatte den Schlüssel doch bei mir. Dann hat er ihn mir abgenommen. Aber zuletzt habe ich ihn doch wiederbekommen."

„Und wo ist dieser Schlüssel jetzt?"

Nun musste ich doch die ganze Wahrheit erzählen. Dabei wollte ich Malte und seine Frau heraushalten. Ich hatte keine Wahl. Sabrina würde merken, wenn ich etwas verbarg.

„Ich war im Herbst noch einmal in Kannweiler. Ich wollte meinem Gedächtnis auf die Sprünge helfen. Hat auch einigermaßen funktioniert. Ich habe einen – Freund getroffen.

Der erzählte mir eine Menge aus meiner Vergangenheit. Er ließ mich bei sich wohnen."

„Name? Adresse?"

„Malte Stockhusen. Friedrich-Ebert-Straße 8."

„Und dann haben Sie sich das Geld geholt. Sie dachten, es wäre Gras über die Sache gewachsen."

„Ich wollte mir das Geld holen, ja, das stimmt. Aber nur, um es wieder an die Stadtkasse zurückzugeben. Ich wollte reinen Tisch machen."

Sabrinas Gesicht blieb vollkommen regungslos.

„Ich schreib das mal so auf."

„Aber Malte überredete mich, dass es klüger wäre, wenn seine Frau das Geld für mich holte. Nach mir wurde an diesem Tag intensiv gefahndet, weil mich irgendjemand auf dem Weg nach Kannweiler erkannt hatte."

„Stimmt. Weiter!"

„Aber Sandra, Maltes Frau, ist nicht wieder zurückgekommen."

„Warum nicht?"

„Ich weiß nicht. Wahrscheinlich hat sie sich das Geld selber unter den Nagel gerissen und ist damit verreist."

„Oder jemand, der von dem Schließfach wusste, hat sie abgepasst."

„Wie?"

„Egal. Dieser Malte Stockhusen kann Ihre Geschichte sicher bestätigen?"

„Ja, sicher. Wird er dafür bestraft?"

„Das kommt darauf an, ob Ihre Geschichte wahr ist, dass Sie das Geld zurückbringen wollten."

„Das kann ich wohl kaum beweisen."

„Wir werden sehen. Also – wo waren wir stehengeblieben? Sie sagten, dass Sie Ihrem Kollegen den Schlüssel aus der Hand gerissen haben. Wie genau haben Sie das gemacht? Das ist bestimmt nicht einfach, wenn er den Schlüssel in seiner Faust hielt."

„Ich habe mal gehört, man muss den kleinen Finger umgreifen und daran ziehen. Das ist so schmerzhaft, dass jeder loslässt."

„Haben Sie ihm einen Faustschlag versetzt?"

„Nein. Daran kann ich mich nicht erinnern. Ich kann mich aber noch gut an den Schmerz an meinem linken Arm erinnern. Ein Streifschuss! ich vermute, dass die Polizei schon vor Ort war und auf mich geschossen hat."

„Ach was! Reden Sie nicht von Vermutungen, ich will nur die Fakten hören. Die Polizei schießt doch nicht auf einen Unbewaffneten. Oder hatten Sie eine Waffe dabei? Ein Messer vielleicht?"

„Nein. Bestimmt nicht. Ich besitze keine Waffe. Aber ganz sicher wurde auf mich geschossen. Hier!" Ich krempelte meinen Hemdsärmel hoch. „Hier sieht man noch die

Narbe. Das ist doch ganz typisch für einen Streifschuss, oder?"

Sabrina kam hinter ihrem Sessel hervor und betrachtete die Stelle.

„Allerdings. Aber wenn die Polizei den Schuss nicht abgegeben hat, wer war es dann?"

„Ich kann es Ihnen nicht sagen."

Plötzlich schien sich eine eiserne Klammer um meinen Kopf zu legen und sich von allen Seiten zusammenzuziehen. Ich kniff die Augen zu.

„Fühlen Sie sich nicht wohl, Herr Neumann?"

„Ich habe Kopfschmerzen. Aber es geht schon wieder."

„Wann genau sind denn die Schmerzen aufgetreten?"

„Hmm... Eben erst. Warum fragen Sie?"

„Weil wir von dem Schuss gesprochen haben, der auf Sie abgegeben wurde. Sie können sich an den Schuss erinnern, doch Sie können mir nicht sagen, wer auf Sie geschossen hat. Die Ereignisse davor konnten Sie relativ detailliert wiedergeben. Möglicherweise haben Sie mit dem Schuss einen Schock erlitten."

„Ja."

Sabrina schrieb einige Zeilen in ihr Notebook, dann hielt sie inne und überlegte.

„Sie hatten doch ein Motiv für die Unterschlagung. Ihre Mutter war schwer krank und das Geld hätte ihr eine Operation ermöglicht. Stimmt das?"

„Ich hoffte, dass ich mit einer großzügigen Spende an das Krankenhaus ihren Rang auf der Warteliste für ein Spenderherz verbessern könnte."

„Aha. Aber sie konnten dennoch nicht wissen, ob das Leben Ihrer Mutter dadurch gerettet würde?"

„Nein. Das konnte mir niemand garantieren."

„Trotzdem riskierten Sie dafür Ihren Job und Ihren Leumund."

„Nun, ich…"

Ich sah mich mit dem behandelnden Arzt reden, mit dem Direktor der Herzklinik, mit allen möglichen Leuten, von denen ich glaubte, sie könnten etwas für meine Mutter tun, aber ich konnte mich nicht erinnern, einen Entschluss gefasst zu haben, Geld zu unterschlagen.

„Was?"

„Ich weiß nicht. Alles verschwimmt in meinem Kopf. wie soll ich wissen, was ich damals gedacht habe?"

„Ich weiß, Amnesie! Nun kommen Sie schon, Herr Neumann! Strengen Sie sich ein bisschen an! So lange liegt das Ereignis doch noch gar nicht zurück."

Wieder versuchte ich mich an Einzelheiten zu erinnern. Aber ich konnte mich nicht einmal daran erinnern, 200.000 Euro in Scheinen jemals gesehen zu haben.

„Peter Diestel – dämmert es Ihnen bei diesem Namen?"

„Peter Diestel – ja, natürlich! Mein Kollege aus der Kämmerei."

„Sie können sich daran erinnern, heftig mit ihm, mit Peter Diestel, gestritten zu haben, richtig?"

„Richtig."

„Nennen Sie mir doch ein Detail, das Ihnen im Gedächtnis geblieben ist. Wie war das, als er auf dem Bahnhof auftauchte und Sie zur Rede stellte?"

„Hmm… das ist schwierig. Ich weiß noch, wie wir zusammen in dem Raum mit den Schließfächern standen und diskutierten."

„Er hatte Ihnen den Schlüssel abgenommen, nachdem Sie das Geld in das Schließfach gelegt hatten, nicht wahr?"

„Ja. Das stimmt. Nein! Ich weiß nicht… Ich weiß nicht, ob ich den Schlüssel zuvor schon in der Hand hielt. Er hielt ihn in seiner Faust umklammert."

„Dann hat er Ihnen den Schlüssel zuvor abgenommen?"

„Wahrscheinlich. Vielleicht. Ich weiß nicht."

„Dann haben Sie ihn niedergeschlagen, den Schlüssel an sich genommen und sind getürmt."

„Nein! Wie ich schon sagte: Ich habe ihn nicht niedergeschlagen. Er fiel zu Boden. Er ist gestolpert."

„Ach…"

Plötzlich streckte Sabrina ihren Zeigefinger nach oben, als hätte sie einen Geistesblitz.

„Moment! Warum hat Peter Diestel bei seiner Zeugenaussage nicht erwähnt, dass das Geld zu diesem Zeitpunkt immer noch im Schließfach war? Und das war es ja wohl, sonst hätten Sie sich doch nicht um den Schlüssel gebalgt."

Ich zuckte mit den Achseln. Sabrina verfolgte ihren Gedanken weiter.

„Wir hätten das Schließfach öffnen lassen können und das Geld an die Stadtkasse zurückgeben."

„Aber inzwischen ist es leider mit Sandra Stockhusen verschwunden."

„Sandra Stockhusen, sagen Sie? Jetzt weiß ich wieder, warum mir der Name so bekannt vorkam. Vor einigen Wochen haben wir – "

Sie sah mich nun mit einem gänzlich veränderten Blick an.

„Was? Was wollten Sie mir sagen?"

„Kannten Sie sie gut, diese Sandra Stockhusen?"

„Nein, sie wohnte in der Nachbarschaft. Man ist sich dann und wann begegnet. Ich habe sie erst am Abend, als ich bei Malte unterschlupfte, besser kennen gelernt."

„Sie ist nämlich tot aufgefunden worden, damals, als nach Ihnen gefahndet wurde. Zweifellos Mord. Die Kugel steckte noch in der Schusswunde."

„Um Gottes Willen! Das muss für Malte schrecklich gewesen sein."

Sabrina nickte.

„Jedenfalls wissen wir jetzt, dass der Mörder von dem Geld im Schließfach wusste. Er hat Frau Stockhusen aufgelauert und sie getötet, um auszuschließen, dass es einen Mitwisser gibt."

„Aber es könnte auch jemand anders beobachtet haben, wie Sandra das Geld nahm. Er hat sie verfolgt, umgebracht und das Geld an sich genommen."

„Möglich ja, aber unwahrscheinlich. Na gut. Wir werden Ihre Geschichte auf Herz und Nieren überprüfen, Herr Neumann. Sie enthält leider ungewöhnlich viele Fragezeichen."

Sie betätigte die Drucktaste und entnahm dem Drucker drei Ausfertigungen des Protokolls.

„Bitte dreimal unterschreiben."

„Das war's?"

„Ja. Ich weiß ja, wo ich Sie finden kann. Natürlich dürfen Sie Ihren Wohnort ohne unsere Erlaubnis nicht verlassen, ist das klar?"

„Klar."

„Dann auf Wiedersehen, Herr Neumann!"

Sie stand auf, streckte mir die Hand entgegen und lächelte zum ersten Mal seit Beginn der Befragung.

„Auf Wiedersehen, Frau Stöger."

Ich stand wieder draußen an der Straße und hatte das dringende Bedürfnis zu laufen. Diese Stadt war kein Ort für mich. Dieser nicht enden wollende Motorenlärm der Fahrzeuge, diese aberwitzige Zahl von Schildern und Schriften, diese bedrohlichen Beton- und Steinfassaden, die so gar nichts widerspiegelten außer starre Scheidelinien. Die Straßen sollten verbinden, sollten Lebensadern sein, in Wahrheit waren sie Geflechte des Todes. Gab es denn irgendetwas Lebendiges auf dem Asphalt, über den täglich Tausende von tonnenschweren Gefährten rollten? Und doch wuchsen da und dort immer wieder zarte Pflänzchen, die allen feindlichen Bedingungen trotzten und ihr buntes Blütenköpfchen durch die Teerdecke streckten. Aber wie zum Hohn wurde jetzt, im Winter, allem Leben mit Streusalz und Splitt der Garaus gemacht. Die „weiße Pracht" war in einer Stadt nicht willkommen. Das Arbeits- und Konsumleben musste weiterlaufen, es kannte keine kurzen Tage und schon gar kein Zurückfahren der Aktivitäten zum Neuaufbau der Ressourcen. Ebenso naturwidrig war die geistige Atmosphäre in dieser Stadt; es war purer Überlebenskampf, der sich in den Gesichtern der Menschen zeigte – Härte ersetzte Lebensfreude. Das analytische Gehirn arbeitete auf Hochtouren, während der sensitive Teil nicht gebraucht wurde, ja sogar unterdrückt werden musste, um nicht verrückt zu werden. Wie sollte ich in dieser Umgebung erfühlen können, was vor wenigen Minuten in dem Gespräch mit Sabrina passiert war?

Ich dachte darüber nach, auf welchem Weg ich schnellstmöglich die Stadt verlassen könnte, und kam zu dem Entschluss, die Route über den Bahnhof wäre die kürzeste. Inzwischen bezweifle ich, ob es die reine Vernunft war, die mich an diesen Ort führte.

Ich ging an den Parkflächen vor dem Bahnhof entlang und bemerkte ein Abfließen von Energie; es äußerte sich in einem flauen Gefühl im Bauch und einer Veränderung meiner Körperspannung. Dieser Eindruck verstärkte sich, je näher ich dem Abfertigungsgebäude kam. Dann reichte ein kurzer Blick in die Empfangshalle, und ein Gefühl, scharf wie die Klinge eines Messers, blitzte in meinem Herzen auf. Ich wollte rufen: „Halt! Tu das nicht! Lass es sein! Noch kannst du dich anders entscheiden!" Es war, als müsste ich mich mit aller Kraft gegen eine herandrängende Macht stellen. Mein ganzer Körper verkrampfte sich, in meinem Kopf begann sich alles zu drehen. Ich fürchtete schon, ohnmächtig zu werden, doch dann – mit einem Schlag – war das Gefühl vorüber, ebenso rasch, wie es gekommen war. Ich ging langsam weiter, ließ den Bahnhof hinter mir, blieb noch einmal stehen, um einen erneuten Blick darauf zu werfen, aber ich sah nur einen Bahnhof, der so aussah wie hunderte andere auch. *Was war das? Ein Erinnerungsfunke?*

Eine Viertelstunde später ließ ich die asphaltierten Straßen und Wege hinter mir und anstatt des eintönigen Pochens meiner Schulsohlen auf den harten Untergrund vernahm ich nun das Knirschen von Kies unter meinen Füßen. Im Schutze einer mannshohen Hecke fühlte ich mich schon ein wenig sicherer, da ich nun außer Sichtweite der mich so feindselig anrührenden Stadt und ihrer Bewohner war. Ich ging so tief in den Wald hinein, bis ich den Verkehrslärm nur noch als schwaches Rauschen wahrnahm. Dann setzte ich mich zu Füßen einer alten Eiche auf den Boden und fühlte sogleich, wie sie mir Schutz verlieh. *Wo könnte ich mich sicherer fühlen als im Schatten dieses uralten Baumes, der schon viele Generationen von Menschen kommen und gehen sah?* Er steht immer noch so wie vor hundert Jahren, alles ging an ihm vorüber. *Vielleicht haben sich unter seiner Krone Liebespaare geküsst, vielleicht haben sich Mörder hinter seinem Stamm versteckt? Doch er steht immer noch, breitet seine Äste über alle Menschen gleichermaßen aus. Unbeeindruckt davon wirft er in jedem Herbst seine Blätter ab und lässt im Frühjahr neue wachsen.*

Ich gab mir alle Mühe, einige Minuten an nichts zu denken, und es gelang mir leidlich. Gut genug, um meine Gedanken auf das Wesentliche zu fokussieren. Die Befragung bei Sabrina war tatsächlich nicht mehr als eine Befragung. In Anbetracht des Umstandes, dass ich bereits zur Fahndung ausgeschrieben war, hatte sie mich behandelt wie einen normalen, unbescholtenen Bürger. Es war eher eine Zeugenaussage als ein Kreuzverhör. Ich weiß nicht viel über das Strafgesetzbuch und über die Beweisaufnahme. aber so viel war mir jetzt klar geworden: Abgesehen von Peter Diestels Aussage gab es so gut wie keine Beweise dafür, dass ich das Geld veruntreut hatte. Anders wäre es, wenn ich den Schlüssel noch bei mir getragen hätte, aber den hatte ich weggegeben – als hätte ich es geahnt, dass er mich verdächtig machen würde. Der arme Malte! Auf diese Art seine Frau zu verlieren, war tragisch!

Dieser Peter Diestel war mir immer schon suspekt. Ein eigenartiger Zeitgenosse, zu seltsam, um ein guter Freund zu sein. Er war ein unverheirateter Einzelgänger, in seinem Aufgabenbereich zuverlässig, aber nicht besonders ehrgeizig. Einer, der immer dasselbe machte und redete, beispielsweise über seine ewige Geldnot. Machte ihn das nicht verdächtig? Ich wäre am liebsten noch einmal ins Polizeirevier gegangen, um Sabrina darauf hinzuweisen, dass Peter Diestel durchaus ein Motiv und die Gelegenheit hatte, um an das Geld zu kommen. Er musste es damals, im Herbst, mitbekommen haben, dass ich wieder in der Stadt war. Und er wusste, dass es einen wichtigen Grund dafür gab: das Schließfach! Also hatte er aus der Ferne beobachtet, wer sich an dem Schließfach mit der Nummer 5489 zu schaffen machte. Bestimmt war er überrascht, dass nicht ich im Bahnhof auftauchte, sondern eine fremde Frau. **Mich** hätte er damit erpressen können, mich an die Polizei zu verraten, doch umgekehrt hätte auch ich ihn mit einer Aussage bei der Polizei schwer belasten können. Er hätte mir vermutlich einen Teil des Geldbetrags angeboten, um mein Stillschweigen zu erkaufen. Aber was sollte er mit Sandra tun? Wie sollte er an das Geld herankommen? Offenbar war die Geldnot so groß, dass er einen Mord in Kauf nahm. So musste es gewesen sein. Ich vertraute Sabrina, dass sie nach reiflicher Überlegung zum selbigen Schluss kam.

Erfrischt erhob ich mich, dankte der Eiche für ihren Beistand und marschierte erholt und frohgemut weiter. Die

Ursache für meine gehobene Stimmung war ein neues, unbeschwertes Gefühl Sabrina betreffend. Ich hatte befürchtet, sie würde ihre Männerphobie an mir ausleben, mir das Wort im Munde herumdrehen und jede Schwäche gnadenlos ausnützen. Gut, sie war streng, sehr korrekt, aber im Großen und Ganzen menschlich und fair. Was konnte man von einer Polizeibeamtin mehr erwarten? Schließlich war sie Beamtin und musste die Gesetze ausführen, ob sie ihr gefielen oder nicht. Ich freute mich auf unser nächstes Zusammentreffen in privater Atmosphäre. Aber wieder einmal kam es anders, als ich dachte.

Ich blieb auf meinem Nachhauseweg immer wieder stehen, um meine spontanen Gedanken im Lichte der Meditation zu betrachten, daher dauerte mein Fußmarsch bis zum Abend. Zuerst wollte ich bei Silvia und Max vorbeischauen, um mich zurückzumelden. Welche Überraschung war es, Sabrina bei ihnen zu sehen! Aber nicht nur sie, auch Georg war gekommen. Endlich! Ich hatte ihn schon einige Wochen nicht mehr gesehen. Wie gut würde es tun, sich mit allen auszusprechen! Doch meine Freude währte nicht lange. Die missmutigen Gesichter verhießen nichts Gutes.

„Georg! Endlich sehe ich dich wieder!" Ich drückte ihm die Hand, doch er schaffte nicht einmal ein schwaches Lächeln. „Und Sabrina! Oder soll ich ,Frau Stöger' sagen? Ich hätte nicht erwartet, dich so bald wieder zu sehen. Ich freue mich!"

„Dann würde ich doch lieber bei Frau Stöger und Herr Neumann bleiben", entgegnete sie trocken. „Ich bin nämlich dienstlich hier."

„Ach…"

Silvia und Max sahen mich ungewohnt ernst an, beinahe feindselig.

„Ich fürchte, ich muss Sie mit aufs Revier nehmen. Ich habe diesen Peter Diestel noch einmal verhört und zumindest ein Teilgeständnis erhalten."

„Hat er Sandra – "

„Davon will er nichts wissen. Aber er gab zu, dass es euer gemeinsamer Plan war, das Geld aus der Kasse zu entwenden."

„Was? Das ist doch gar nicht wahr!"

„Aber als er das Geld in ein Schließfach legen wollte, hat ihn sein schlechtes Gewissen geplagt und er wollte dich – Sie dazu überreden, das Geld wieder zurückzubringen. Daraufhin haben Sie sich gewehrt und ihn zu Boden geschlagen. Was danach geschehen ist, konnte er mir nicht sagen – kurzzeitige Amnesie. Das kennt man ja als billige Generalausrede."

„Das stimmt doch nicht!", rief ich aus. „Ich habe niemals mit ihm zusammen etwas Derartiges geplant."

„Ach! Jetzt plötzlich wissen Sie das ganz sicher? Beweisen Sie mir das Gegenteil! Jetzt sofort! Dann kann ich Sie laufen lassen. Andernfalls…"

„Da könnte doch jeder daherkommen und so etwas behaupten! Das ist doch so offensichtlich eine Lüge. Erst erklärt er, mich auf frischer Tat ertappt zu haben, dann, als er einsieht, dass seine Geschichte lückenhaft ist, erklärt er mich zum Mittäter. Das stinkt doch zum Himmel!"

Sabrina blieb ganz ruhig.

„Ich gebe zu, dass noch einige Fakten fehlen, die Diestels Aussage bestätigen könnten. Aber was soll ich mit einem Verdächtigen anfangen, der bei jeder zweiten Frage erklärt, er könne sich nicht erinnern? Was bleibt, ist der dringende Tatverdacht aufgrund einer plausiblen Zeugenaussage. Dem muss ich nachgehen."

Ich fühlte, wie mein Blut in Wallung geriet. Eine haltlose Anschuldigung dieses Peter Diestel sollte ausreichen, um mich zu verhaften?

„Warum sollten Sie, Frau Kommissarin, einem Zeugen glauben, der Sie schon einmal belogen hat? Das ist doch alles an den Haaren herbeigezogen. Wieso sollte ich mich mit Händen und Füßen dagegen wehren, das gestohlene Geld zurückzugeben, nur um dann einige Wochen später aufzukreuzen, um genau das zu tun? Und was ist mit Sandra Stockhusen? Warum musste sie sterben?! Rein zufällig, nachdem sie das Schließfach öffnete?"

Sabrina nahm die Haltung eines Staatsanwalts ein, Hände auf dem Rücken und hin und her gehend. „Nachdem es Ihnen, Herr Neumann, zu gefährlich erschien, selbst zum Schließfach zu gehen, haben Sie den Stockhusens eine rührende Geschichte erzählt. In Wahrheit hatten Sie geplant, Sandra Stockhusen das Geld abzunehmen, nachdem sie es geholt hatte. Ich will nicht behaupten, dass dieser Plan auch die Tötung der Frau einschloss, aber möglich wäre es."

„Was!? Das ist doch – "

„Vor allem, da Malte Stockhusen erklärte, dass Sie zur Tatzeit nicht in seinem Hause waren. Würde Ihnen das nicht auch verdächtig erscheinen?"

„Das – das – stimmt. Aber ich war ja nur im Wald, um einen klaren Kopf zu bekommen…"

„Oder um sich das Geld wiederzuholen. Bäume sind als Zeugen leider ungeeignet."

„Nein!", protestierte ich lautstark. „Ich habe doch niemanden umgebracht! Ich bin doch kein Mörder!"

„Sei still!", ermahnte mich Max. „Du weckst das Kind auf."

„Ich glaube, du solltest Frau Stöger jetzt zur Polizei begleiten", sagte nun auch Georg. „Die Wahrheit wird ans Tageslicht kommen. Wenn du unschuldig bist, hast du nichts zu befürchten."

Ich tat, was mir der Mesner riet. Aber meine Wut wurde dadurch nicht geringer. Wortlos fuhr ich mit Sabrina in die Stadt zurück, die ich eben erst verlassen hatte. Mich schauderte bei der Vorstellung, inmitten dieser lebensfeindlichen Umgebung eingeschlossen zu sein. Sehnsüchtig dachte ich an mein Turmzimmer zurück, in dem ich als einzige Freunde meine Mäuse um mich hatte, wo mich niemand anklagte, ein ungeheuerliches Verbrechen begangen zu haben. Wenig später befand ich mich im Keller des Polizeigebäudes, saß auf einer Pritsche und starrte die Stahltür an, die mich von der Außenwelt trennte. Ich hatte noch eine Stunde lang Licht, um zehn Uhr würde der Strom abgeschaltet. Hier sollte ich also mein Dasein fristen? Tage, Wochen oder vielleicht sogar Jahre? Ich würde es aushalten, keine Frage. Aber doch nicht wegen eines Justizirrtums!

Alles, was ich bisher zu verstehen glaubte, war nun obsolet. Ich hatte doch dieses wunderschöne Bild, Sabrina, ich und unser Kind! War das alles nur ein Resultat meiner überschwänglichen Fantasie? War Sabrina am Ende die Frau, die meinem Leben in Freiheit den Dolchstoß versetzte?

Ich musste meditieren, schon meines eigenen Friedens willen. Zu tief saß der Stachel der Ungerechtigkeit in meinem Herzen, zu heftig war der Zorn über einen selbstsüchtigen Arbeitskollegen, der keine Skrupel hatte, einen Unschuldigen in sein Desaster mit hineinzuziehen. Ich saß und saß, ignorierte Rückenschmerzen, ließ mich von keinerlei Geräuschen ablenken, tat genau das, was ich wochenlang in meiner kleinen Dachkammer gemacht hatte, doch es wollte mir nichts gelingen. Auch als das Licht ausging, saß ich noch, ohne dass mir ein erhellendes Bild erschienen war. Ich kannte den Grund dafür. Solange ich Wut in meinem Herzen fühlte, blockierte ich alle positiven Schwingungen, die mir hätten Klarheit bringen können. Irgendwann musste ich eingeschlafen sein, denn ich erwachte mit der halb auseinandergebreiteten Wolldecke auf meinen Schultern, frierend und mit einem steifen Nacken. Doch plötzlich, als ich es am wenigsten erwartete, kam mir ein Gedankenblitz!

Es blieb immer noch die unbeantwortete Frage zurück, woher ich die Streifschusswunde an meinem linken Oberarm hatte. Sabrina hatte behauptet, dass kein Polizist auf einen flüchtigen Dieb schießen würde, wenn er selbst keine Bedrohung darstellte. Wenn es aber kein Polizist war, der geschossen hatte, konnte es nur Peter Diestel gewesen sein. Wer sonst hätte einen Grund dazu gehabt? Und wenn Diestel eine Waffe besaß, lag es dann nicht nahe, dass er auch Sandra Stockhusen getötet hatte? Ich musste auf der Stelle mit Sabrina sprechen.

Sobald sich am Morgen die kleine Luke in der Zellentür öffnete, durch die das Frühstück gereicht wurde, rief ich: „Ich muss sofort Frau Stöger sprechen!"

„Die ist heute nicht im Büro. Übermorgen ist sie vielleicht wieder da", war die trostlose Antwort.

„Es ist aber sehr wichtig!"

„Übermorgen."

Ich hätte aus der Haut fahren können! Ich hämmerte mit beiden Fäusten gegen die Tür, schlug mit den Füßen dagegen, am Ende sogar mit dem Kopf. Dann sagte eine Stimme in mir: ‚Das ist also das Ergebnis deiner wochenlangen Meditationsübungen?' Offenbar hatte Silvia recht, wenn sie behauptete, am besten funktioniere ihr Leben, wenn sie allein ihrer Intuition vertraute. *Warum nur bin ich damals der Einladung Maltes gefolgt, in seiner Wohnung unterzuschlupfen, wo ich ihn und seinen Lebensstil doch zutiefst verachtete? Warum habe ich erneut gegen mein Gefühl gehandelt, als ich Sandra vertraute und ihr den Schlüssel zum*

Schließfach übergab? Wahrscheinlich würde sie heute noch leben, wenn ich meiner Intuition gefolgt wäre. Ich spürte, wie sich meine Muskulatur verkrampfte und mein Puls bis in meinen Kopf hinein schlug. Angriffs- und Verteidigungsmodus nennt man diesen Zustand, wenn der Körper mit Adrenalin geflutet wird und alles Blut in die Muskeln fließt. Das Gehirn wird nicht mehr als notwendig versorgt und die Denkleistung lässt demzufolge nach. Als mir klar wurde, dass ich dabei war, mich durch meine sinnlose Aggression gegenüber der Zellentür selbst zu verletzen, erinnerte ich wieder an diese angeborenen biologischen Vorgänge, die in der zivilisierten Welt selten nützlich sind.

Ich setzte mich auf meine Pritsche und schüttelte den Kopf über mich und meinen sinnlosen Wutausbruch. Gab es denn einen Unterschied zwischen dieser Zelle hier und meinem Turmzimmer? Im Grunde war es hier sogar komfortabler, es war einigermaßen warm, ich hatte einen Wasseranschluss und eine Toilette und das Essen wurde mir pünktlich gebracht. Waren das nicht ideale Bedingungen, um weiterhin Meditation zu üben? Was sollte ich auch sonst tun?

Also tat ich, was ich gelernt hatte: zur Ruhe kommen, aufrecht hinsetzen, Lichtkugeln aufbauen...

Ich kam an einen Punkt, an dem ich begriff, dass weise Lösungen nicht vom Gehirn, sondern vom Herzen diktiert werden. Das Herz ist das Organ, das ein Embryo als erstes ausbildet, noch vor dem Gehirn. Mit dem ersten Pulsschlag beginnt das Leben, der Körper wird beseelt. Vielen ist die Tatsache, dass das Herz auf Ereignisse schneller reagiert als das Gehirn, unbekannt. Infolgedessen vertrauen sie der

Interpretation der Herzbotschaften durch ihr Gehirn mehr als dem ursprünglichen Gefühl, das ihr Herz unmittelbar vermittelt. Diesen Fehler würde ich nicht machen. Also richtete ich meine ganze Aufmerksamkeit auf mein Gefühl im Herzen. Was würde ich dort sehen?

Mein Herz fühlte sich groß und weit an. Die Zeit schien dort im Zeitlupentempo abzulaufen. Mir war zumute, als würde ich in diesem Augenblick meine Hände von einer Truhe mit kostbarem Inhalt lösen. Ich hörte auf, den Deckel dieser Truhe zuzudrücken und er klappte von selbst auf. Dann strömte etwas heraus, was ich als nebelartiges Tuch beschreiben möchte. Es entfaltete sich und gab den Blick frei auf eine Art Miniaturwelt. Jedes Mal, wenn ich ein Einzelstück näher betrachten wollte, vergrößerte es sich und wurde zu einer Bildsequenz, die mir einen Ausschnitt aus meinem Leben zeigte. Darunter waren viele Bilder, die mir Unbehagen bereiteten, bei denen ich mich schuldig fühlte, weil ich falsch gehandelt hatte. Doch dann veränderte sich etwas: Ich sah meine Erinnerungen nicht mehr so, wie sie in meinem Gedächtnis abgespeichert waren. Ich sah die Gefühle, die ich in den jeweiligen Situationen hatte. Und zugleich lief ein weiterer Film ab, der den alten, bekannten Film überlagerte; ich durfte beobachten, wie sich die Situation verändert hätte, wenn ich die freie Entfaltung der Liebe in mir zugelassen hätte. Ich spürte, wie sich im selben Moment mein Herz in einem großen Seufzer weitete und wie alles Negative wie eine brüchig gewordene Steinkruste von ihm abfiel. *Wie kann das sein?*, fragte ich mich. *Wie kann die vergangene Situation plötzlich als gut empfunden werden, wenn sie doch in meiner Erinnerung jahrelang als schlecht abgespeichert war? Die Fakten hierüber sind doch*

eindeutig und lassen keinen Interpretationsspielraum zu!
Die Antwort auf meine Frage wurde mir zuteil, während ich
weiter den Fluss der Liebe beobachtete, der aus meinem
Herzen strömte. Nach und nach verstand ich, dass dieser
Fluss niemals versiegen würde. Jedes Wesen, das er be-
rührte, quoll über vor Liebe und erzeugte seinen eigenen
Strom, der mit allen anderen zu einem Ozean anschwoll.
Wohin ich auch sah, konnte ich nur noch eine unendliche
Ausdehnung an Liebe erkennen, in der sich die Individuen
auflösten wie Zuckerstücke im Tee.

Dann wurde mir klar, dass es mehr Welten gibt, als die, die
ich mir angewohnt hatte zu sehen. Die mir bekannte Welt
war eine Konstruktion meines Verstandes. Ich sah allein die
Schlussfolgerungen eines Gehirns, das mit Fakten gefüttert
wurde, die kein Entweder-Oder zuließen. Es folgte einem
linearen Aufbau, der auf dem „Gesetz" von Ursache und
Wirkung beruhte. Die andere Welt jedoch war die, die mir
mein Herz zeigte. Auch mein Herz hatte aufgezeichnet, was
ich in meinem bisherigen Leben getan hatte. Doch die Informationen, die mein Herz all die Jahre über gespeichert
hatte, waren aus erster Hand. Es waren keine Interpretati-
onen, die richtig oder falsch sein konnten, sondern abso-
lute Wahrheiten! Aus diesen Informationen entstand eine
vollkommen andere Welt. In dieser gibt es weder Erfolge
noch Niederlagen, weder Glück noch Unglück, keinen
Kampf und keinen Sieg, keinen Reichtum und keine Armut.
Es gibt keine Materie, die es aufzubauen gilt, nur, um sie
wieder zu zerstören, es gibt keine begrenzte Zeit, innerhalb
derer Körper entstehen, altern und sterben. Es gibt keine
Einzelwesen, die getrennt voneinander existieren. In dieser
Welt des Herzens gibt es nur die alles umfassende, alles

verändernde, alles enthaltende, grenzenlose Energie der Liebe.

Als ich das erkannt hatte, wunderte ich mich darüber, dass ich jahrelang die falschen Fragen gestellt hatte, Fragen wie: Warum bekämpfen sich Menschen? Warum gibt es einerseits so viel Reichtum und andererseits solch bittere Armut? Warum gehen die einen als Glückspilze durchs Leben und die anderen geraten von einer Katastrophe in die nächste? Warum kann ich nicht tun, was ich will? Alle diese Fragen reduzierten sich auf eine einzige Frage, die ich mir immer wieder von Neuem stellen musste:

„Habe ich in dieser Situation zugelassen, dass meine Liebe fließt?"

Ich erwachte aus meiner Meditation und weinte vor Glück. Ich berührte die kalte, mit grauer Betonfarbe gestrichene Wand mit den Fingerspitzen, als wäre sie die zarte Haut einer Frau. Ich betrachtete die rostigen Gitterstäbe an dem kleinen Fenster über mir, als wären sie ein einzigartiges Kunstwerk. *Solche Dinge passieren,* dachte ich, *wenn man seiner Liebe freien Lauf lässt.* Ich war so unendlich glücklich, leben zu dürfen, dass ich es kaum erwarten konnte, dem nächsten Menschen, den ich antraf, mein Glück laut jubelnd mitzuteilen. Da ich in diesem Augenblick niemanden um mich hatte, den ich umarmen konnte, umarmte ich mich selbst. Ja, für einige Minuten war ich erfüllt von Liebe und vollkommen glücklich. Doch die Begeisterung ließ nach. Stunden später, als ich das Klacken des Schlosses an der Zellentür hörte, erinnerte ich mich an jenen euphorischen Zustand nur noch als schönen Traum.

„Frau Stöger ist jetzt zu sprechen."

Diese Aussage munterte mich sogleich wieder auf. Endlich konnte ich ihr sagen, wo der Fehler in ihrer Analyse steckte.

Ich folgte dem Angestellten in den ersten Stock. Er öffnete die Tür zu Sabrinas Zimmer und sagte: „Der Gefangene Neumann wäre jetzt hier."

Dann durfte ich eintreten.

„Du wolltest mich sprechen?", fragte Sabrina. Mir fiel auf, dass sie heute erschöpft wirkte.

„Nanu? Sind wir jetzt wieder per Du?"

„Da du jetzt nicht mehr zum Kreis der Verdächtigen gehörst, gerate ich in keinen Gewissenskonflikt, wenn ich mit dir vertraulich rede."

„Wie war das? Ich bin nicht mehr verdächtig? Das ist schön! Und was hat dich von meiner Unschuld überzeugt?"

„Es gibt einen Zeugen, der gesehen hat, dass du dich in der Zeit, als das Schließfach ausgeräumt wurde, tatsächlich im Wald aufgehalten hast. Ich meine, würde jemand, der einer fremden Person den Schlüssel zu 200.000 Euro anvertraut hat, in den Wald gehen, um zu meditieren oder was weiß ich zu tun? Außerdem entlastet dich die Zeugenaussage vom Verdacht des Mordes an Sandra Stockhusen."

„Na, Gott sei Dank!", sagte ich nicht ohne Sarkasmus. „Aber noch eine Sache entlastet mich; das ist mir gestern Nacht eingefallen."

„Ich höre."

„Ich habe an dem besagten Tag eine Schusswunde davongetragen, wie du weißt. Da ich sie mir kaum selbst zugefügt haben kann und du behauptest, die Polizei würde auf einen normalen Räuber keine Schusswaffen richten, kann doch nur Peter Diestel derjenige sein, der geschossen hat. Außerdem hast du mir gesagt, dass das Projektil, mit dem Sandra getötet wurde, gefunden wurde. Ich stelle mir gerade vor, wie es wäre, wenn man bei Diestel eine Waffe finden würde, zu der die Kugel passt. Soviel ich weiß, müssen Waffen hierzulande amtlich registriert werden. Wenn das geschehen ist, weiß man, welche Waffe er besitzt. Wenn nicht, hat er sich des Vergehens gegen das Waffengesetz schuldig gemacht."

Sabrina grinste mich jetzt breit an.

„Da hat jemand nachgedacht, wie es scheint. Aber das tut die Polizei auch. Es ist bei uns reine Routine, die zu einer Kugel passende Waffe zu suchen. Und nein, auf den Namen Peter Diestel ist keine Waffe registriert. Wir können ihn auch nicht befragen, weil er in Urlaub ist. Kein Mensch weiß, wo er sich zurzeit aufhält."

„Dann bin ich jetzt ein freier Mensch?"

Sabrina zog eine komische Grimasse. „Ja. So leid es mir tut."

„Wie sieht es mit einer Haftentschädigung aus?"

„He! Jetzt werd' mal nicht unverschämt. Das war eine notwendige Untersuchungshaft. Dafür gibt es nichts!"

Dann sah ich sie nur noch an und sie erwiderte meinen stummen Blick. Ich hätte sie gerne umarmt und fragte mich, ob sie dasselbe Bedürfnis hatte. Doch ihre Augen sagten mir, dass sie den Kopf voller Probleme hatte, deren Lösung keinen Aufschub duldeten.

„Ich könnte dir bei der Suche nach Peter Diestel behilflich sein."

Sie zuckte mit den Achseln. „Und wie wolltest du das anstellen?"

„Wie du weißt, bin ich in der Kunst der Meditation sehr erfahren."

„Du sprichst von *Remote Viewing*?"

„Oho! Du kennst dich mit esoterischen Begriffen aus! Hätte ich nicht gedacht."

„Wie du weißt, wurden hellseherisch begabte Menschen schon oft dazu benutzt, um verschwundene Menschen oder auch Leichen aufzufinden; funktioniert manchmal wirklich."

„Wie gesagt – ich kann es versuchen. Ohne etwas zu versprechen."

„Gut. Mach, wie du meinst! Und wenn du mir einen Tipp geben kannst, her damit! Hier meine Karte."

Ich nahm die Karte mit der Aufschrift „Sabrina Stöger, Polizeikommissarin" entgegen.

„Ich melde mich auf jeden Fall!", versprach ich und verab- schiedete mich von ihr.

„Bernhard!"

„Ja?"

„Ich könnte dich nach Hause fahren lassen. Das ist dir die Polizei schuldig, finde ich."

„Das weiß ich zu schätzen. Aber ich würde nach zwei Näch- ten in der Zelle gerne ein paar Schritte laufen."

Froh sah ich in ihr lächelndes Gesicht. Ich war erleichtert, dass nun nichts mehr zwischen uns stand.

Ich konnte es kaum erwarten, meine Meditationskünste unter Beweis zu stellen. Obwohl ich die Kunst des In-die-Ferne-Sehens noch nie ausprobiert hatte, war ich mir sicher, dass ich sie beherrschte. Peter Diestel war kein Unbekannter für mich. Ich kannte ihn seit etwa fünf Jahren, als ich meine Stelle in der Stadtverwaltung antrat. Wir waren uns seitdem täglich an unserer Arbeitsstelle in der städtischen Kämmerei begegnet. Ich gebe zu, dass ich froh darüber war, nicht mit ihm im selben Büro zu arbeiten; er hatte einen abstoßenden Körpergeruch, vor allem in den Sommermonaten, wenn es so heiß war, dass man schon beim Nichtstun schwitzte. Außerdem war sein Humor äußerst wunderlich. Es war beinahe unmöglich, über seine Witze zu lachen. Gut, alle wussten, dass er früh Waise war und seitdem alleine lebte; das konnte einen Menschen zum Eigenbrötler machen, aber trotzdem wurde er von allen Kollegen gemieden. In der Vergangenheit hatte ich mich in den Pausen gelegentlich aus Höflichkeit zu ihm gesellt, doch die Reue folgte auf dem Fuß. Es kostete mich mehr Zeit und Geduld, seine absonderlichen Geschichten anzuhören, als ich bereit war aufzubringen.

Daher war ich überzeugt davon, dass es mir nicht schwerfallen würde, mich auf Peter Diestel einzuschwingen (ein Ausdruck für einen Vorgang, bei dem man sich eine als Erinnerung gespeicherte elektromagnetische Schwingung ins Bewusstsein ruft und das reale Gegenstück dazu sucht). Sein Geruch, seine Stimme, seine Körperhaltung, seine

Verklemmtheit, alles das waren Parameter, die in dieser Kombination bestimmt einmalig waren.

Ich ging von der Polizeiinspektion aus direkt in den nahen Wald und suchte den Baumstumpf auf, der mir schon öfter als Ort der Ruhe und Besinnung gedient hatte. Hier war ich abseits von Wegen und Menschen, die meine Konzentration stören konnten. Die Erinnerung an meine grandiose Meditation in der Gefängniszelle war zwar verblasst, aber immer noch lebendig genug, um sie als „Aufhänger" für weitere Meditationen zu verwenden. Damit will ich sagen, dass ich mich nur an das überwältigende Gefühl von damals zu erinnern brauchte, um in einen tiefen meditativen Zustand zu gelangen. Sobald ich meinen Körper und meine Umgebung als einzige große Lichtkugel wahrnahm, richtete ich einen Gedanken auf Peter Diestel. Ich stellte ihn mir einfach an seinem Schreibtisch sitzend vor. Dann ließ ich den Gedanken wieder los und wartete ab, was passieren würde. Es dauerte ungewöhnlich lange, ehe ich die ersten Bilder erhielt. Zwischendurch musste ich all meine Disziplin aufwenden, um den gedankenlosen Zustand nicht zu verlieren und nicht dem Verstand das Feld zu überlassen. Doch dann sah ich ihn. Zuerst sein Gesicht, unruhig, verwirrt, abgehetzt. Dann erhielt ich das Bild eines Sportwagens am Straßenrand, Diestel saß auf dem Fahrersitz, doch der Wagen stand. Er schaute ins Leere. Er hatte große Angst und wusste nicht, was er tun sollte. Ich versuchte, das Kennzeichen des Wagens zu erkennen. Wenigstens die ersten beiden Buchstaben konnte ich lesen, dann verschwamm das Bild.

Langsam erwachte ich wieder aus der Meditation. Ich streckte und dehnte mich. Dem Gefühl in meinen Gliedern nach zu urteilen, war ich wenigstens eine halbe Stunde lang hier gesessen. Plötzlich hörte ich das Knacken eines brechenden Zweigs hinter mir. Auf einen Schlag war ich hellwach. Ich drehte mich um und war verblüfft. Georg, der Mesner, stand vor.

„Nun, hast du herausgefunden, wonach du gesucht hast?", fragte er.

„Ähm... Ja, ich denke schon."

„Ich weiß, worüber du meditiert hast. Peter Diestel, nicht wahr?"

„Woher...? Du hast mich beobachtet?"

„Ja, schon eine ganze Weile. Ich kann mich in deine Gedanken einloggen; nicht immer, aber meistens. Verzeih mir! Das verstößt wahrscheinlich gegen den Datenschutz. Aber ich dachte, es wäre wichtig, ein bisschen an deinem Leben teilzuhaben."

Ich schüttelte den Kopf. „Nein... schon in Ordnung. Warum dachtest du, das sei wichtig?"

„Weil ich nicht möchte, dass du in Schwierigkeiten gerätst."

„Was soll mir denn schon groß passieren? Ich habe doch nichts zu verlieren."

„Nicht so vorschnell, junger Mann! Du könntest zum Beispiel zu Unrecht des Mordes angeklagt werden."

„Das stimmt! Wäre auch beinahe geschehen, wenn mich nicht ein Zeuge entlastet – Ein Zeuge, der zufällig im Wald spazieren ging, als ich meditierte?"

Georg pfiff wie beiläufig ein Lied.

„Das warst du, nicht wahr?!"

„Jeder von uns hat ab und zu Hilfe notwendig."

„Danke!"

„Gerne! Bist du auf dem Nachhauseweg? Dann lass uns doch gemeinsam gehen und währenddessen ein wenig plaudern."

„Freilich. Du weißt wahrscheinlich, warum der Aufenthaltsort dieses Peter Diestel so wichtig ist?"

„Natürlich. Ich habe mich mit deiner Polizistin unterhalten. Sie vertraut dir mehr als du ihr, weißt du das? Übrigens glaube ich, du solltest ihr Bescheid sagen. Hier! Nimm mein Handy!"

„Oh! Ja, danke."

Ich wählte die Nummer, die auf Sabrinas Visitenkarte vermerkt war.

„Hallo? Sabrina? Ich glaube, ich weiß, wo sich Peter Diestel aufhält. Er hat sich einen schwarzen Sportwagen geliehen oder gekauft oder er macht eine Probefahrt. Italienische Edelmarke. Das Ortskennzeichen lautet RB für Rastenburg. Damit kannst du bestimmt etwas anfangen. – Gerne!"

„Gut!", sagte Georg. „Damit wäre das erledigt. Du hast ja übrigens tolle Fortschritte gemacht. Die Kunst, einen Menschen ausfindig zu machen, beherrschen nicht viele. Ich hätte das niemals so rasch geschafft wie du. Damit bist du hoffentlich endgültig von der Liste der Verdächtigen gestrichen."

„Ja, das hoffe ich auch. Die Zelle ist zwar gar nicht so ungemütlich, aber ich bevorzuge mein Turmzimmer."

„Und das aus gutem Grund. Hast du dich noch nie gefragt, warum diese winzige Kammer eine solch große Anziehungskraft auf dich ausübt, dass du schon fast ein halbes Jahr dort wohnst? Es gäbe komfortablere Wohnungen mit Bett, Heizung, fließendem Wasser."

„Ich weiß nicht. Ich fühl mich dort irgendwie zuhause. Ja, es zieht mich magisch an, du hast recht!"

„Dafür gibt es einen Grund. Ich bin selbst vor Jahren in dieser kleinen Filialkirche gelandet und nicht mehr davon losgekommen. Es liegt daran, dass der Ort, an dem dir Kirche steht, heilig ist. Oder, wenn dir die Bezeichnung besser gefällt, kann ich auch ‚Kraftort' dazu sagen."

„So etwas gibt es wirklich?"

„Natürlich! Es gibt überall auf der Welt Erdstrahlen und Wasseradern. Die ganze Erde ist von einem energetischen Gitternetz durchzogen. Die Wissenschaft von diesen Kraftfeldern wird Geomantie genannt. In einer geomantischen Zone findet man oft eine starke Energiendichte von positiven und negativen Zonen, die energetische Prozesse im Menschen sehr stark aktivieren können. An alten

Kultplätzen, Kraftorten und heiligen Plätzen kann man in der Regel immer Kraftlinien, sogenannte Leylines finden, die die besondere Qualität des Ortes und oft auch die Ausrichtung von Gebäuden und Kultplätzen bestimmen, z.B. bei Kirchen oder Megalithanlagen. Vielleicht ist dir schon aufgefallen, dass St. Georg nicht streng symmetrisch gebaut wurde. Der Westflügel, den du bewohnst, ist größer ausgefallen als der Ostflügel. Das hat damit zu tun, dass während der Erbauung ein mächtiges Energiefeld entdeckt wurde, womöglich von sensitiven Menschen wie Rutengängern. Man wollte sich dieses Feld zunutze machen, um die Gläubigen positiv zu beeinflussen."

„Und das ist es, was uns auf unwiderstehliche Weise anzieht?"

„Ja. Diese Energiefelder haben eine Auswirkung auf unsere Schwingungsebenen, die Chakren, welche wiederum für die Energieverteilung in unserem Körper verantwortlich sind."

„Interessant. Dann weiß ich jetzt wenigstens, was mich in St. Georg hält."

„Ja." Georg blieb nun stehen und legte seine Hand auf meine Schulter. „Aber das ist nicht so bedeutsam wie der Grund, warum ich möchte, dass du in St. Georg bleibst."

Während er diese Worte sprach, fuhr eine Böe in die Wipfel der hohen Fichten und ein Rauschen erfüllte den Wald. Ich wusste, dass das keine zufällige Naturerscheinung war, sondern eine Reaktion auf die Bedeutung dessen, was mir Georg nun anvertraute.

„Ich weiß nicht, was in der Nacht passiert ist, als du dich in die Kirche verirrt hast. Aber ich bin mir inzwischen sicher, dass es mehr war als nur eine durch einen Sturz verursachte Amnesie."

„Was meinst du?"

„Ist dir schon einmal aufgefallen, wie sich St. Georg verändert hat, seit du da bist?"

„Da fällt mir auf Anhieb der Brand der Kirche ein."

„Das auch. Vielleicht hatte auch das etwas Gutes. Sicher kannst du dich noch an deine erste Begegnung mit Hans erinnern. Er war krank und schwach, mürrisch und – ich würde einmal sagen: des Lebens überdrüssig. Wenn du ihn dir heute anschaust, dann wirst du feststellen, dass er sich erheblich verändert hat. Er ist viel aktiver und frischer, zugänglicher und hat Spaß am Leben. Findest du nicht auch?"

„Ja, sicher. Das hat wahrscheinlich damit zu tun, dass er Theresia hat und dazu noch eine Enkel- und eine Urenkeltochter."

„Das könnte natürlich sein. Aber ist es nicht ein eigenartiger Zufall, dass das alles passiert ist, seit du im Turm wohnst?"

„Du meinst also, dass ich dafür verantwortlich bin? Ha! Indem ich mich die meiste Zeit über in meinem Kämmerchen verschanzt habe? Wohl kaum."

„Es gibt noch mehr Hinweise darauf, dass sich etwas verändert hat. Hans spricht von einer enorm gesteigerten Gemüseernte. Kürbisse und Zucchini, Tomaten, Paprika, alles, was er in den letzten Jahren mühsam gezogen hat, ist in diesem Jahr schier explodiert! Sogar die Hühner legen mehr Eier, auch jetzt noch, im Winter! Das kann kein Zufall sein."

„Nein. Ich glaube auch nicht an Zufälle. Aber es könnte einfach ein gutes Jahr gewesen sein. Ausreichend Sonne und Regen, keine extremen Wetterschwankungen. Die Tiere spüren das besser als wir Menschen."

„Es gibt auch Menschen, die beinahe so feinfühlig sind wie Tiere; jene, die meditieren." Er zwinkerte mit dem Auge. „Du weißt, was ich meine."

„Ja, ich weiß, was du meinst. Aber es ist etwas anderes, eine Schwingung zu fühlen oder Einfluss auf Ereignisse und Menschen zu nehmen."

„Meinst du wirklich?"

Wir gingen eine Zeitlang schweigend weiter. Es war kalt. Unser Atem kondensierte in der eisigen Luft zu Nebel. Vor uns lag das weite abgemähte Getreidefeld, das jetzt, im Winter, eine große weiße ebene Fläche darstellte. In der Ferne sah man die Häuser des kleinen Vorortes Lamprechting, rechts die Hauptstraße, die sich, mit Tonnen von Streusalz von Eis und Schnee befreit, wie ein schwarzes Band durch die Landschaft schlängelte. Die Autos fuhren geringfügig langsamer als im Sommer, aber es waren eher mehr als weniger, da kaum noch jemand mit dem Fahrrad fuhr.

„Was denkst du, wenn du diese Straße siehst?", fragte Georg unvermutet.

„Hmm… Ich frage mich, ob es Sinn macht, sich in diese lärmende und stinkende Autokarawane zu begeben, um an einen Ort zu kommen, den man nicht einmal liebt."

„Du denkst an die vielen Menschen, die zur Arbeit fahren, weil sie Geld verdienen müssen?"

„Ja. Jetzt fahren sie zwar alle heim zu ihren Liebsten, aber ich möchte gar nicht wissen, was sie in ihren Köpfen alles mit sich tragen und nach Hause bringen."

„Ärger, Frust, Sorgen… Wobei manche von denen, die wir hier beobachten, bestimmt gerne länger arbeiten würden, weil sie daheim niemand erwartet – "

„ – oder jemand, der schlimmer ist als ihr Chef."

„Auch das!", lachte Georg. „Würdest du das nicht gerne ändern, wenn du die Macht dazu hättest?"

„Natürlich! Ich würde mir wünschen, dass die Leute nie mehr arbeiten müssten, weil sie das, was sie tun, gerne machen und nicht mehr zwischen Arbeit und Freizeit unterscheiden."

„So dass das ganze Leben ein freudiges Dienen ist und ein schöpferischer Akt."

„Jeder tut das, was er von Herzen tun möchte, für sich und alle anderen."

Georg sah mich mit einem Ausdruck an, der unmissverständlich anzeigte, dass er eine schlüssige Antwort von mir erwartete.

„Heraus damit!", sagte ich. „Was willst du, dass ich tue?"

„Nutze deine Fähigkeiten! Komm heraus aus deinem Schneckenhaus! Du kannst so viel Gutes tun! Du hast es geschafft, St. Georg zu einem Hort des Friedens und des Glücks zu machen. Dasselbe kannst du auch mit der Welt, die du hier siehst."

Ich schüttelte ungläubig den Kopf.

„Ich glaube, du verwechselst mich mit jemandem. Wie und wann hätte ich denn das alles getan, was du sagst? Ich habe für mich meditiert, ohne besonderen Zweck. Ich wollte es einfach können, so gut wie du. Das war alles."

„Wie du das geschafft hast, kann ich dir auch nicht sagen. Das spielt auch gar keine Rolle. Ich habe doch gespürt – ich spüre es jetzt – dass von dir eine mächtige Energie ausgeht. Ich habe über dich meditiert und gesehen, wie hell du strahlst. Deine Aura ist groß und golden! Das bist du! Du kannst gar nicht anders."

„Ich glaube dir ja, dass du etwas gesehen hast. Aber das ist in allen Menschen, nicht nur in mir. Ich habe in der vergangenen Nacht lange meditiert und gesehen, dass da überall Liebe ist."

„Natürlich, Kaspar! Aber die meisten Menschen wissen das nicht. Sie schenken ihrem Verstand und ihrer Erfahrung mehr Glauben als ihren Gefühlen. Doch du hast die Gnade erfahren, durch deine Kopfverletzung den kollektiven Irrglauben der Menschheit zu vergessen. Dein Verstand hatte für einige Tage keine Erinnerung mehr an deine Erfahrungen und konnte deine Gefühle völlig neu interpretieren.

Und daher warst du mehr als irgendjemand anderer in der Lage, die Energie des Ortes, an dem St. Georg erbaut wurde, aufzunehmen und weiterzugeben. Das macht dich zu einem außergewöhnlichen Menschen."

„Ach... Daher kommt das also", murmelte ich vor mich hin.

„Was? Was hast du gesagt?"

„Ich habe das bisher nur als Albernheit, als witzige Marotte abgetan, aber jetzt bin ich mir sicher, dass ich... dass ich mit Mäusen reden kann."

„Mit Mäusen? Wie kommst du denn darauf?"

„Mäuse waren die ganze Zeit über in meiner Kammer. Glaubst du, alleine hätte ich es so lange dort ausgehalten? Ich brauchte auch mal kompetente Gesprächspartner."

„Ha! Das ist witzig! Na, da siehst du es ja! Wie viele Beweise brauchst du noch?"

Georg klopfte mir so kräftig auf den Rücken, dass ich auf dem gefrorenen Boden beinahe ausrutschte.

„Aber – aber – ich weiß immer noch nicht, was du genau von mir erwartest."

„Ich erwarte gar nichts von dir. Ich möchte zunächst nur, dass du in St. Georg ein schönes, bequemes Zimmer beziehst. Du kannst ja zum Meditieren in dein Turmzimmer gehen, aber quäle dich nicht länger mit unnötiger Askese!"

„Und dann? Wie soll es mit mir weitergehen? Ich nehme an, dass ich, nachdem meine Unschuld erst bewiesen ist, meinen alten Job wieder bekomme – oder den von Peter Diestel. Ich werde ihn annehmen, denn von irgendwas muss ich leben."

„Willst du das denn wirklich? Warst du glücklich in deinem Beruf als Buchhalter?"

„Wer ist schon glücklich in seinem Beruf?"

„Hast du denn schon wieder vergessen, was du vor fünf Minuten gesagt hast? ‚Ich würde mir wünschen, dass die Leute nie mehr arbeiten müssten, weil sie das, was sie tun, gerne machen und nicht mehr zwischen Arbeit und Freizeit unterscheiden.' So war das doch, oder nicht?"

„Ja. Und jetzt sollte ich mit gutem Beispiel vorangehen und einer Arbeit nachgehen, die mir Freude macht. Das willst du von mir, nicht wahr?"

„Das bist du dir selbst schuldig. Deine Worte, nicht meine!"

Langsam verstand ich, dass es nicht ausreichte, Dinge zu verstehen, man musste sie auch tun. Doch das erschien mir der schwerste Schritt zu sein, meine Komfortzone zu verlassen und mich in die Welt hinauszuwagen, die seit Jahrhunderten nach einem System funktionierte, dem es noch nie darum ging, das Glück der Menschheit zu fördern, und dennoch allgemein akzeptiert wurde. Wer die Macht inne hatte, galt als erfolgreich, und mächtig war der, der mehr Geld hatte als andere. Ich sollte mir einen Beruf suchen, der mich glücklich machte? Offen gesagt hatte ich diesen Beruf bereits gefunden; ich war Handlanger, Knecht, wann man so will, eines Landwirts. Ich sah bereits Bilder vor mir, von Leuten, die mich verspotteten und anfeindeten, ich sah mich, während ich stotternd versuchte, mich zu rechtfertigen, aber keine Argumente hatte, doch dann riss mich ein elektronisches Klingeln aus meiner Vorstellungswelt.

Georg hatte sein Handy aus der Tasche genommen und den Anruf angenommen.

„Wir sind kurz vor Lamprechting… ich verstehe… Gut! Ich werd's ihm sagen… Ich melde mich dann sofort… Bis dann!" Mit klammen Fingern steckte er das Gerät wieder in die Tasche zurück. „Sabrina. Sie konnte den Händler ausfindig machen, bei dem Diestel den Sportwagen geliehen hat. Aber inzwischen hat er ihn zurückgebracht und das Autohaus zu Fuß verlassen, in östlicher Richtung. Nun wären deine detektivischen Fähigkeiten wieder gefragt. Du sollst Sabrina neue Koordinaten geben, sagt sie."

„Tss! Sie stellt sich das so einfach vor. Aber klar, ich tu es. Um welches Autohaus handelt es sich denn?"

„Das in Mohnhaupten. Vor ungefähr zwei Stunden soll er dort weggegangen sein. Richtung Osten… Dann könnte er – "

„Ich weiß, ich weiß!", unterbrach ich. „Ich stelle keine Mutmaßungen an, ich sehe in Bildern."

Und wirklich hatte ich mich in wenigen Sekunden auf Peter Diestels Frequenz eingeschwungen. Ich sah zuerst sein Gesicht, verzerrt vor Wut oder Verzweiflung. Wie bei einem Fernglas zoomte ich mich dann weiter von ihm weg, um seine Position anhand der Umgebung zu erkennen.

„Ich sehe ihn ganz deutlich. Er steht auf der Brücke über das Lammertal. Es sieht ganz danach aus, als wolle er sich etwas antun." Ich riss mich zurück an diesen Ort. „Sag das Sabrina! Schnell!"

Georg nickte, holte wieder sein Handy heraus und redete ein paar wenige Worte.

„Wir sollen zur Hauptstraße gehen. Sabrina ist auf dem Weg hierher und nimmt uns in ihrem Auto mit."

„Aber dann verlieren wir wertvolle Zeit! Sie muss gleich dorthin fahren!"

„Sie will es so. Sie ist nun mal die Chefin. Bestimmt meint sie, mit dir im Boot finden wir ihn schneller."

„Also gut! Komm! Wir laufen!"

Noch ehe wir die Straße ganz erreicht hatten, erkannten wir schon Sabrinas blau-silbernen Streifenwagen.

„Kommt rein!", rief sie uns zu. „Wie komme ich am schnellsten zu dieser Brücke?"

„Geradeaus und vor dem Ortsschild links abbiegen!", sagte Georg. „In etwa 20 Minuten sollten wir da sein."

„Gut. Bernhard, würdest du es sehen, wenn er den Ort verlässt?"

„Ich denke schon. Aber weit wird er nicht kommen."

„Was sollen wir tun, wenn er immer noch auf der Brücke steht?", fragte Georg. „Womöglich gerät er dann in Panik und springt."

„Wenn er wirklich springen wollte, hätte er es längst getan. Wir könnten es nicht verhindern. Ich denke, dass er mit den Problemen, die er sich aufgeladen hat, komplett überfordert ist. Daher wird er froh sein, sie mit jemandem zu teilen, egal, wer das ist."

„Du meinst, er will nur reden? Vergisst du dabei nicht, dass er vermutlich eine Waffe bei sich hat und schon jemanden umgebracht hat?"

„Das ist immer noch nicht bewiesen. Im Grunde wissen wir gar nichts."

„War von dem Autohändler etwas zu erfahren?", fragte Georg.

„Ja. War recht aufschlussreich", antwortete Sabrina im Telegrammstil. „Hat gleich erkannt, dass Diestel kein typischer Kunde von Luxusautos ist. Hat ihm die Preise verraten, 100.000 aufwärts. Darauf hat Diestel gesagt, Geld sei kein Problem."

„Sofern es nicht über 200.000 geht, würde ich behaupten. Passt alles zusammen, oder?"

„Trotzdem können wir ihm den Mord an Sandra Stockhusen nicht nachweisen. Dazu bräuchten wir seine Waffe."

Ich saß auf dem Rücksitz und betrachtete Sabrina. Da ich mich bereits auf die meditative Ebene begeben hatte, sah ich mehr von ihr als meine Augen allein übermitteln konnten. Ich erhielt ein Spektrum aller Gefühlserlebnisse, die in ihr aktiv oder passiv vorhanden waren und ihre Persönlichkeit bestimmten. In diesem Moment war sie vertieft in ihr berufliches Erfahrungsfeld und durchforstete ihre erlernten Fertigkeiten und erworbenes Wissen. Sie war hochkonzentriert. Zuerst nahm ich sie als kühn und selbstsicher wahr. Doch als ich tiefer in ihre Aura hineinblickte, sah ich etwas anderes. Sie war zur selben Zeit ein kleines Kind, das eifrig bemüht war, seine Pflicht zu tun. Hinter der hauchdünnen Schale von anerzogenem Mut lauerte die Angst zu versagen.

Nachdem ich das beobachtet hatte, rührte sich in mir eine Woge aus Mitgefühl. Zu gut kannte ich ähnliche Situationen aus meiner Gefühlswelt, um einfach darüber hinwegzugehen. Und, ohne es beabsichtigt zu haben, legte ich ihr stumm einen Satz ans Herz, den ich als trostreich empfand: *Vertraue deiner Intuition und du kannst nicht fehlgehen!* Erstaunt sah ich zu, wie aus meiner Mitte eine hellrote Wolke strömte und sie umhüllte. Ich wusste, dies war die sichtbare Energie, die mein Wunsch, sie in diesem Augenblick in den Arm zu nehmen und zu beschützen, hervorgerufen hatte. Sabrina reagierte darauf mit einem tiefen Atemzug. Nun wirkte sie ruhiger, beinahe entspannt. Doch das war nicht die einzige Reaktion. Sie schien nun von einer silbernen Aura umgeben zu sein. Dann trat aus ihrer Körpermitte ein silbernes Band, das sich mir zuwandte. Immer näher kam es zu mir, wobei ich nicht erkennen konnte, ob es mich suchte oder ob ich es anzog. Es blieb mir keine Zeit, es herauszufinden, denn als es eine Handbreit von mir entfernt war, fühlte ich einen Schwall warmer Energie, gleich einer heißen Dusche, die jede einzelne meiner Körperzellen umfloss. Noch nie hatte ich etwas Vergleichbares erlebt. Ich badete in dieser kribbelnden Wonne und genoss jeden wohligen Schauer, der mir über den Rücken kroch.

„Bernhard! Wach auf! Wir sind da!" Georg schüttelte mich. „Du hast wohl mit offenen Augen geträumt. Hast du etwas gesehen, was wir wissen sollten?"

Nur mit Mühe gelang es mir, mich von der reinen Gefühlsebene loszureißen und zur Alltagsebene zurückzukehren. Ich stieg aus dem Wagen, nicht, ohne noch einen kurzen Blick auf Sabrina zu werfen. Ihr Gesicht war gerötet, doch ihre Augen wirkten bereits wieder hochkonzentriert. Was mochte sie wohl in den letzten Minuten empfunden haben?

„Nein. Es war nichts von Bedeutung."

Georg hob eine Augenbraue an. „Bist du sicher?"

„Ja. Komm jetzt! Sabrina wartet."

Sabrina war schon voraus gegangen. Sie hatte das Auto so nahe wie möglich an die Brücke herangefahren. Es war eine Hängebrücke, die nur für Fußgänger geeignet war. Schon von weitem konnte ich eine Gestalt in der Mitte der Brücke erkennen. In diesem Moment erschien ein klares Bild vor mir. Es war zweigeteilt. Auf der linken Seite sah ich Peter Diestel über das Brückengeländer stürzen. Dann eine wunderbare Szene: Ich mit Sabrina auf einer sonnigen Terrasse, ein Garten, duftende Rosen, eine Wiese mit Gänseblümchen. Zwei Kinder, unsere Kinder, wir sehen ihnen beim Spielen zu und lachen uns an. Auf der rechten Seite ein anderer Schauplatz: Sabrina wird von ihrem Vorgesetzten ausgezeichnet. Peter Diestel verbringt die besten Jahre seines Lebens hinter Gittern, und ich –

„Sabrina! Warte bitte! Ich muss dir etwas sagen."

Sie hielt nicht einmal an. Im Gehen fragte sie: „Was? Später! Ich muss mich jetzt konzentrieren!"

„Es ist wichtig!"

„Also was?"

„Du darfst ihn nicht davon abhalten zu springen. Ich weiß, es hört sich verrückt an, aber ich weiß, das ist das Beste für alle. Bitte!"

Sie sah mir an, wie wichtig mir diese Information war, und blieb endlich stehen.

„Ich möchte dir glauben, aber – ich kann das nicht tun! Ich bin Polizeibeamtin. Ich muss zuerst Leben schützen, ganz gleich, welches."

„Sabrina! Peter Diestel würde in diesem Leben nicht mehr froh. Aber wir hätten ein Leben vor uns…"

Ich drückte sie in meiner Not an mich und hielt sie, so fest ich konnte, in meinen Armen. Sie ließ mich gewähren, erwiderte meine Umarmung sogar. Doch dann löste sie sich von mir.

„Alles wird gut, mein Lieber! Ich muss jetzt meine Arbeit tun."

Dann ging sie weiter. Ich blieb stehen und hoffte auf ein Wunder.

„Was ist los mit dir?", fragte Georg, der die ganze Zeit über neben uns gestanden hatte. „Du siehst doch Dinge? Bedeutende Dinge, oder?"

„Und wenn schon. Könnte ich die Ereignisse so beeinflussen, wie du denkst, dann wären wir jetzt nicht hier, Georg."

Als ich sah, dass Sabrina die Brücke bereits betreten hatte und auf Diestel zuging, regte sich in meinem Bauch ein heftiges Gefühl, als ob ich mich jeden Moment übergeben müsste. Georg und ich sahen uns an und begann gleichzeitig in Richtung Brücke zu laufen. Doch Sabrina hielt die Hand hoch und rief uns zu: „Alles in Ordnung! Er ist unbewaffnet."

Ich wusste, dass das nicht stimmte. Ich wusste es so sicher, dass ich weiterlief. Ich musste sie warnen. Doch sie winkte mit erhobenen Händen, um mir zu signalisieren, dass ich mich nicht einmischen sollte. So stand ich am Anfang der Brücke und musste tatenlos zusehen, dass Peter Diestel und Sabrina zehn Meter von mir entfernt miteinander redeten.

„Herr Diestel! Wir müssen dringend mit Ihnen reden! Wir brauchen Ihre Zeugenaussage in einem Mordfall. Kommen Sie bitte! Sie haben uns doch schon einmal geholfen."

Ich konnte Diestels Antwort nur schlecht verstehen. Ich hörte etwas wie: „Lassen Sie mich in Ruhe! Ich weiß nicht, was Sie von mir wollen."

Darauf sagte Sabrina: „Sie werden doch nicht so dumm sein und Ihr Leben wegen eines Fehlers wegwerfen. Das lässt sich alles in Ordnung bringen. Vertrauen Sie mir!"

Tatsächlich schien sie den richtigen Ton gefunden zu haben. Diestel wandte sich ihr nun zu, schwieg aber.

„Kommen Sie bitte! Dann besprechen wir alles in Ruhe." Sie streckte ihm die Hand entgegen, er ging einen Schritt auf sie zu. Jetzt erkannte er mich. Doch er war alles andere als erfreut darüber.

„Hat **er** Sie auf mich gehetzt?", fragte er.

„Nein. Er ist nur ein weiterer Zeuge. Sie kennen sich doch aus der Arbeit?"

„Ein sauberer Kollege! Glauben Sie ihm kein Wort! Er lügt doch, wenn er das Maul aufmacht. Wissen Sie, wer die Idee hatte, die Stadtkasse zu berauben? Ich habe doch nur aus Mitleid mitgemacht. Weil ich sein Gejammere über die kranke Mutter nicht mehr hören konnte. Er hat einfach keinen Mumm in den Knochen. Und jetzt schiebt er mir alles in die Schuhe."

Sabrina schaute sich kurz nach mir um. Ich schüttelte den Kopf, weil ich nicht widerlegen konnte, was Peter Diestel sagte. Ich wusste nur, dass ich das Geld nicht an mich genommen hatte.

„Die Wahrheit wird sich herausstellen. Ich gebe Ihnen mein Wort. Sie haben nichts zu befürchten, Herr Diestel."

„Was wissen Sie schon? Seit mich dieser Dämon verhext hat, habe ich kein Leben mehr."

„Was meinen Sie damit? Welcher Dämon?"

„Der, der hinter Ihnen steht! Er hat mir irgendeinen Zauber angehängt. Sehen Sie, wie meine Hände zittern? Darum konnte ich ihn nicht treffen."

Erschrocken sah ich, wie Diestel eine Pistole hinter seinem Rücken hervorholte.

„Sie haben auf ihn geschossen? Warum?"

„Er hat mir den Coup meines Lebens zunichte gemacht. 200.000 Euro! Was hätte ich damit alles anstellen können! Die Stadtverwaltung hätte das Geld von der Versicherung erstattet bekommen. Kein Mensch hätte nachgeforscht, wer das Geld gestohlen hat. Und wenn schon? Niemand hätte mir etwas nachweisen können."

„Da täuschen Sie sich, Herr Diestel. Es wäre aufgefallen, wenn Sie plötzlich einen aufwändigen Lebensstil führen. Ein teures Auto zum Beispiel wäre sehr verdächtig gewesen."

„Ach was! Ein Lottogewinn, eine Erbschaft… Das hätte gar nichts bewiesen. Alles hätte funktioniert. Doch dann kam dieser Verräter…"

In diesem Augenblick tat sich ein weiteres Fenster zu meiner Erinnerung auf.

„Ich wollte dich davon abbringen, Peter!", rief ich. „Ich habe eingesehen, dass ich meine Mutter auf diese Weise nicht retten konnte. Daher wollte ich das Geld zurückbringen. Aber du hast ja darauf bestanden, dass wir das durchziehen."

„Ich bin doch nicht blöd! Ein Leben lang ackern für nichts! Das Geld wurde uns auf dem Präsentierteller serviert. Niemand hätte einen Schaden erlitten."

„Und was ist mit Sandra Stockhusen? Ich denke, sie sieht das anders. Sie musste wegen des Geldes sterben."

„Ich wollte sie gar nicht erschießen. Ich wollte ihr nur Angst einjagen. Aber – du siehst selbst – seitdem ich dir eine verpasst habe, machen meine Hände nicht mehr, was ich will. Sie zittern die ganze Zeit über. Das alles geht wiederum nur auf deine Kappe! Wie konntest du nur einer Fremden den Schlüssel anvertrauen? Damit hast du das Todesurteil über sie ausgesprochen. Es ist allein deine Schuld!"

Währenddessen war Sabrina Schritt für Schritt auf Peter Diestel zugegangen. Ich wusste, dass sie in den nächsten Sekunden versuchen würde, ihn zu entwaffnen. Ich musste sofort handeln. Wie zuvor im Auto konnte ich eine andere Bewusstseinsebene sichtbar machen.

Ich erinnerte mich daran, was damals geschehen war, als ich mit Peter um den Schließfachschlüssel stritt. Er gab mir mit der Pistole einen Schlag auf den Kopf. Ich verlor das Bewusstsein, aber nur für einige Sekunden. Als ich wieder zu mir kam, konnte ich Peter auf seiner Gefühlsebene sehen. Ich war entsetzt, als ich die Angst über seinem Herzen spürte, die es wie eine eiserne Klammer umschloss. Ich sah überdeutlich, wie er litt, und unbewusst sandte ich ihm Liebe, die wie zuvor im Polizeiwagen als hellrote Energiewolke meiner Mitte entströmte und Peter umhüllte. Ich nahm schmerzlich wahr, wie er sich dagegen wehrte. Es quälte ihn und kostete ihm fast übermenschliche Anstrengung. Dennoch richtete er seine Waffe auf mich und schoss. Dieser Augenblick war schrecklich für mich. Ich fühlte seinen Zorn und seine Verzweiflung in einer Tiefe, die mich schockierte, da ich auf einer Bewusstseinsebene war, auf der ich Gefühle ungefiltert wahrnahm. Da sich seine Absicht, mich zu töten, und sein emotionaler Zustand diametral gegenüberstanden, war er nicht in der Lage, sein Ziel zu treffen; die Kugel streifte nur meinen Arm. Ähnlich musste es ihm ergangen sein, als er plante, sich ein teures Auto zu kaufen. Er hatte die Absicht, sich ein schönes Leben zu machen, aber er fühlte, dass er etwas Falsches tat. Daher konnte er die Probefahrt nicht genießen, ganz im Gegenteil. Das Auto wurde für ihn zum Symbol des Bösen. Es machte sein Versagen angesichts der Versuchung greifbar.

Ich musste sofort handeln. Diestel schien abgelenkt, Sabrina griff blitzschnell nach seinem Arm, aber nicht schnell genug. Es gelang ihm, den Abzug zu drücken, ehe ihm Sabrina die Waffe entrang. Ich sah die Kugel aus dem Lauf austreten. Wie in Zeitlupe nahm ich wahr, wie sie Sabrinas Hemdsärmel zerfetzte, aber ihren Arm verfehlte. Die Kugel flog weiter, direkt auf mich zu. *Ich frage mich heute noch, warum es mir nicht gelang, ihr auszuweichen.* Wie erstarrt sah ich sie immer näher auf mich zukommen. Emotionslos beobachtete ich, wie sie auf mein Brustbein prallte, es durchschlug, mein Herz durchbohrte und an der hinteren Rippe steckenblieb. Eigentlich passierte dann nichts Besonderes mehr. Ich blieb auf derselben Bewusstseinsebene, mit der ich die Szenerie bis zuletzt betrachtete. Mein Körper brach auf der Brücke zusammen. Sabrina stieß einen Schrei aus. Die Waffe fiel in die Tiefe und versank in den Fluten der Lammer. Sabrina und Georg beugten sich über meinen Körper. Später kam ein Rettungswagen, aber auch die Sanitäter konnten nur meinen Tod feststellen; also – den Tod meiner sterblichen Hülle. Ich selbst fühlte mich quicklebendig. Peter Diestel wurde von Sabrinas

Kollegen, die sie schon zuvor informiert hatte, in Hand-schellen gelegt und abgeführt.

Zu sehen, wie Sabrina und Georg um mich weinten, betrübte mich sehr. Zugleich aber regte sich ein höchst erfreuliches Gefühl in mir. Es war ja gar nicht so, wie sie meinten, nämlich, dass sie mich nun für immer verloren hätten. Ich war doch lebendig, sonst hätte ich sie gar nicht beobachten können! Ich rief nach ihnen, fuchtelte mit meinen Armen – halt! Es war mir unmöglich, meine Arme zu bewegen, nicht etwa, weil mein Körper nicht mehr funktionierte, sondern weil es auf dieser meiner jetzigen Bewusstseinsebene gar keinen Körper mehr gab. Ich konnte mich auch nicht direkt betrachten, ich nahm nur wahr, dass ich so etwas wie eine lichtvolle Erscheinung war. Vor mir und hinter mir und überall um mich herum war ein helles Licht, sozusagen als Erweiterung meines Ichs. Einen Körper besaß ich nicht, doch ich konnte durch bloße Vorstellung meine Position verändern, ganz wie ich es wollte.

Sabrina war tatsächlich tieftraurig. Jeden Tag sah ich sie an ihrem Arbeitsplatz sitzen, tapfer darum bemüht, sich nichts ankennen zu lassen. Doch sobald sie alleine war, fing sie an zu weinen. Das schmeichelte mir, aber es war natürlich eine Qual, sie so leiden zu sehen. Ich musste etwas unternehmen. Ich hatte ja schon vor meinem körperlichen Tod meinen Geist zu ihr wandern lassen und auf diese Weise einen Kontakt hergestellt. Jetzt war das noch viel einfacher. Ich brauchte keinen Geist mehr in meinem Körper zu erzeugen, ich war der Geist. Daher begab ich mich zu ihr und umarmte sie mit meinem unerschöpflichen, wunderschönen Licht. Es war eine Umarmung, die keiner von uns auf der Haut spürte, aber wir fühlten beide, dass wir nicht alleine waren. Ich durfte mich mit ihrem „Licht-Körper" verbinden, der mindestens genauso schön war wie meiner, jedoch ein klein wenig anders, etwa so, wie Bergluft und Seeluft klar voneinander zu unterscheiden sind. Ich beobachtete, ob sich durch diese Umarmung etwas an ihr veränderte. Und tatsächlich entspannte sich ihre Muskulatur und ihre Tränen versiegten. Ich wollte ihr aber noch mehr geben. Ich suchte eine Möglichkeit, ihr mitzuteilen, dass ich immer da war, dass ich sie sehen und hören konnte, dass ich deutlich wie nie zuvor spürte, wenn es ihr nicht gut ging oder wenn sie glücklich war. Sie sollte wissen, dass sie mich um alles bitten konnte, was ihr am Herzen lag. Auch das war gar nicht so schwer, wie man es sich als körperfixierter Mensch vielleicht vorstellt. Obwohl ich keine Stimme hatte, konnte ich Sätze kommunizieren, mental, allein durch die Vorstellung. Das menschliche Gehirn ist viel komplexer und leistungsfähiger als ich früher glaubte. Es kann fast alle Arten von Schwingungen aufnehmen und so verarbeiten, dass sie das Seelenbewusstsein des Menschen versteht. Als ich zu Sabrina sagte: „Ich bin hier bei dir. Ich möchte, dass du glücklich bist. Was auch immer du dir wünschst, werde ich dir erfüllen. Vertraue mir! Sprich aus, was dir am Herzen liegt! Ich höre dich.", veränderte sich etwas in ihr.

In diesem Augenblick begann Sabrinas Herz heftig zu schlagen. Sie lehnte sich in ihrem Stuhl zurück und sah sich nach allen Seiten um. Dann lächelte sie und ich wusste, dass sie mich verstanden hatte.

Nach diesem Erlebnis überraschte es mich nicht mehr, dass ich auch ohne Körper weiterhin für meine Mäuse da sein konnte. Als der Frühling kam und die Temperaturen so weit angestiegen waren, dass sich die Mäuse wieder aus ihrer Höhle wagten, ließ ich mein Licht in meinem Turmzimmer strahlen. Die jungen Mäuse waren verwirrt, liefen auf den Holzdielen hin und her und schienen nach etwas zu suchen, was gar nicht da war. Doch Alfred, der schüchterne Junge, der mir von allen der Vertrauteste war, setzte sich auf die Hinterpfoten und streckte seine Nase in den Wind. Es dauerte nur einige Sekunden, dann sah er mich direkt an und piepte ein paar Mal. Kurz darauf stellten sich die anderen wie auf ein Kommando vor mir auf und sahen mich an, also die Quelle meines Lichtes. Und siehe da! Nun konnte ich mich mit meinen Mäusefreunden noch leichter unterhalten als früher. Sie hatten begriffen, dass ich mich ihnen in der hohen Frequenz des Lichtes präsentierte, und sich ebenfalls in diese Frequenz begeben. Niemand musste sie das lehren, es war für sie – wie wohl für alle Tiere – die einfachste Sache der Welt, mit seinen Erscheinungsformen und Frequenzen zu spielen.

Von diesem Zeitpunkt an vertraute ich meinen Fähigkeiten als geistiges Wesen und konnte das vollenden, was Georg in mir sah: ein Wesen, das die Welt allein durch seine Existenz segnen konnte. Übrigens nahm ich auch mit ihm Kontakt auf; das war eine amüsante Sache; ich erwischte ihn sozusagen „kalt", während er meditierte. Er hatte sich bereits in eine sehr hohe Schwingung versetzt und es brauchte nur einen kleinen Stups, um ihn vollends in mein Lichtbewusstsein zu katapultieren. Er freute sich riesig, mich auf diese Art und Weise zu sehen.

„Ich wusste es!", rief er. „Du bist zu Höherem berufen! Ich bin stolz darauf, dich das Meditieren gelehrt zu haben."

„Ich freue mich auch! Natürlich werde ich tun, was du von mir erbittest. St. Georg wird ein Hort der Freude und des Friedens sein. Das bin ich dir schuldig. Aber ich hätte auch eine Bitte an dich."

„Was immer du wünschst."

„Ich möchte meine Lebensgeschichte gerne niederschreiben, damit die Menschen erfahren, was alles möglich ist. Was ich geschafft habe, kann jeder vollbringen. Würdest du aufschreiben, was ich zu sagen habe?"

„Es wird mir eine Ehre sein."

ENDE